소심해서 좋다

소심해서 좋다

작지만
깊은 마음으로만
볼 수 있는 것들에 관하여

왕고래 지음

whale books

괜찮은 게 아니라, 좋다

심리학을 굳이 전공까지 하면서 배워야 하나, 그가 물었다. 그는 물리학자였는데, 적잖이 이죽거리며 자신의 전공 특성을 예로 들었다. '중력'처럼 명확한 법칙이 있어야 학문으로 볼 수 있지 않겠느냐고. 나는 부글거리는 속에 모래를 한 무더기 끼얹고 숨을 골랐다. 마시던 물컵을 집어 들었다.

"제가 이 컵을 놓으면 어떻게 될까요."

"떨어지겠죠?"

"맞습니다. 중력에 의해 컵이 떨어지고 물이 쏟아지겠죠. 그런데 심리학에선 컵이 떨어지지 않습니다."

"왜죠?"

그가 눈을 치켜뜨며 물었고, 나는 답했다.

"저는 이 컵을 놓지 않을 거거든요."

인간의 행동은 타고난 기질과 성향, 그리고 다양한 주변 맥락의 영향을 받는다. 현재 기분이나 상태에 따라 만유인력의 법칙조차 외면할 때가 있다. 내가 안 놓으면 그만인 것이다. 이 때문에 개인의 행동을 예측하려면 주변의 요인을 모두 통제한 후 특정 행동을 일으키는 원인을 찾아내야 한다. 심리학자는 '컵을 어떤 경우에 들고 있는지 혹은 떨어뜨리는지'에 대한 원인을 찾기 위해 가설을 세우고, 측정 가능한 방식으로 검증한다. 그 결과가 합리적으로 산출되면 '내가 컵을 떨어뜨리는 상황이나 요인'을 하나쯤은 알게 된다. 심리학은 대략 그렇다.

심리학을 선택한 진짜 이유

상대방은 의외로 내 이야기를 경청했다. 열길 물속처럼 딱 부러지는 자신의 학문과 달리, 한 길 사람 속에서조차 정답보다는 최적해最適解를 찾아야 하는 심리학의 방법론에 흥미를 느낀 것이다. 실제로 그랬는지는 모르지만, 시간이 지나며 MSG가 묻어서인지 나름 근사했던 장면으로 기억한다.

그런데 내가 심리학을 택한 이유는 사실 그리 근사하지 않다. 대학원에서 이런 농담을 들은 적이 있다. 심리학에는 여러 세부 전공이 있는데, 저마다의 선택 이유가 있다는 것이다. 예컨대 아동심리학자들은 발달에 어려움이 있고, 사회심리학자들은 대인관계에 문제가 있으며, 임상심리학자들은 정신에 문제가 있다. 상담심리학자들은 친지 중에 골칫덩어리가 있다. 농담이긴 하지만 실제 전공자들이 들으면 활짝 웃지 못한다. 그 농으로부터 완전히 자유롭지 않기 때문이다. 생각해보라. 불편하지 않으면 신경 쓸 일이 없고, 신경 쓸 일이 없으면 그것이 진로로 정해질 만큼 중요하지 않다. 어떤 연유이든 계속 눈에 밟히고 삶에 엮여 있었던 것이다. 내가 진지하게 알아보고 싶은 만큼.

나 역시 그렇다. 나는 소심하다. 좋게 표현하면 내성적이고, 더 좋게는 내향적이다. 심리학은 이런 내 성향과 호기심을 담기에 적합했고, 나는 고민의 답을 얻기 위해 긴 시간을 몰두했다. 하지만 여전히 소심을 대범으로 바꿀 수 있는 방법은 찾지 못했다. 정확히는 바꿔야 할 이유를 못 찾았다. 오히려 소심한 기질, 그 불편으로 인해 보이는 것들이 있다. 눈에 밟히는 것들. 그것들이 모여 나름의 가치를 남긴다. 어느새 소박한 종이 덩이가 되었다.

이 책엔 내향성에 대한 대단한 분석이나 해결책 같은 건 없다. 외향적인 사회와 그것을 권장하는 수많은 조언, 예컨대 멋지게 보이는 법이나 끝장나게 말하는 법 등의 자기계발서가 손을 잡아당기는 문화 속에서 '꼭 그래야 할까' 의문을 갖는다.

아니, 아무리 생각해도 그럴 필요가 없다. 내향성은 정말이지 아무런 잘못이 없다. 미세한 자극에도 팔팔 끓는 뇌를 가진, 티끌 고민 모아 태산을 꿰뚫는, 소란 속에서도 조용히 역사를 바꾸는 존재. 그럼에도 외부로 드러나는 게 없어 늘 오해받는, 이 억울한 자들을 '소심인'이라 칭하며 그들의 시선과 일상을 담아낸다.

이 편향적인 이야기가 몸을 휘감는 맞춤옷처럼 느껴질지, 혹은 향신료 강한 외지 음식처럼 낯설게 다가올지는 당신의 성향에 달려 있다. 만약 당신이 소심인이라면, 책을 덮을 때 함께 되뇔 수 있길 바란다.

소심해도 괜찮다, 말고

소심해서 좋다.

1부

나는 소심하다

우리는 자신의 특질을 드러낼 때
가장 자유롭게 행동할 수 있다.

– 로버트 맥크레, 폴 코스타 주니어

오늘도 마음을 쓴다

마음을 쓴다. 정확히는 마음속 배터리를 사용한다. 우연히 이웃과 마주친 엘리베이터에서, 사람이 넘치는 지하철에서, 동료에게 인사하는 출근길에서, 입김을 나누는 회의실에서, 저녁 모임에서, 지인과의 대화에서. 음식을 주문할 때, 배가 고픈데 누구도 음식을 들지 않을 때, 눈을 맞추고 대화할 때, 입으로 생각을 뱉어낼 때, 귀에 상대방을 차곡차곡 담아 넣을 때, 소란스러운 무리의 옆을 지날 때, 점원이 뭔가 도와주려고 할 때, 그렇게 대부분의 일상에서 나는, 마음을 쓴다. 그들이 나를 소진시키는 것이 아니다. 그저 스스로 그렇게 된다. 나는 소심하다.

• 소심(小心) : 대담하지 못하고 조심성이 지나치게 많음

마음속 배터리의 용량이 그리 크지 않다. 일상 곳곳에 비밀 충전소를 만들어놓고 회복을 시도하지만 주변은 늘 그 속도보다 더 많은 양을 요구한다. 이 배터리가 발열에도 참 취약하다. 그 것이 좋은 일이든 혹은 나쁜 일이든, 예상 범위를 벗어나는 사건을 만나면 한여름 에어컨 실외기처럼 팽팽 돌다가는 이내 방전이 되어버린다. 고요하던 일상은 텅, 소리를 내며 엉망이 된다.

"무슨 일 있어요? 안색이 안 좋아 보여요."
며칠간 제대로 충전도 못하고 맘 구석 부스러기까지 탈탈 긁어 쓰던 어느 아침, 대범한 누군가가 내 몰골을 보곤 질문을 던졌다. 멋쩍은 웃음을 지으며 '아, 뭐, 별일 없다'고 답했지만, 돌아오는 반응엔 그 이상의 호기심이 담겨 있다. 첫 질문까지는 이해한다. 습관적인 인사 같은 것이니까. 그러나 그 이상의 접근은 당혹스럽다. 분명히 더 얘기할 의사가 없음을 밝힌 것 같은데 모른 척 한 걸음 더 다가온다. 난 상대방이 불쾌하지 않도록 반걸음 물러서며 적당한 웃음이나 유머 비슷한 것을 토한다. 한편으론 지금의 내 상태를 솔직하게 드러내며 쓱 밀고 들어오는 상대방과 얽히고 싶다. 그럴 수 없는 성격을 바라보며 또 한 번 마음을 쓴다.

점심시간엔 회식 겸 부서 사람들이 한 자리에 모여 식사를 했다. 평소 말 몇 마디 섞지 않는 이들과 상 하나를 사이에 두고 마른 밥알을 삼켰다. 분위기에 맞게 가벼운 농담도 주고받으며 무난히 무사히 식사를 마쳤다. 서둘러 들어와 오후 회의 준비를 한다. 신규 프로젝트이고, 사실상 가장 많은 의견이 나오는 '두 번째' 회의이다. 사전 조사 자료를 검토한 후 회의실에 들어선다. 회의 주제는 유사 서비스의 시장 동향, 주요 타깃 등을 공유하고 장단점 및 가능성을 논의하는 것이다. 하지만 몇몇 대범한 자들의 맥락 파괴 발언을 시작으로 저마다 꼬리를 물며 의견을 던진다. 주제는 광범위해지고, 입김은 늘어난다. 난 그들의 의견을 노트에 꾹꾹 눌러 메모한다. 의견을 내지는 않는다. 발표했던 문서에 모두 포함되어 있다.

퇴근 시간이 임박하자 팀장이 허겁지겁 오더니 업무를 투척한다. 그것을 고요하게 받아 든다. 이유가 있겠지, 마음을 쓴다. 팀장은 자기가 해도 되니 더 급한 일이 있으면 말하라고 했지만, 난 이미 그 일을 시작했다. 큰 불평 없이 빠르게 처리해주는 게 그를 위한 일이라고 생각했다. 그런데 오히려 화근이 되었나보다. 기분 나쁘냐고 묻더니, 그런 게 아니고 빨리 처리해서 드리려 했다는 나에게 얼굴을 구기며 한 소리 한다. 할 거면 기분 좋게 하라고. 이유가 있겠지, 마음을 쓴다.

늦어진 퇴근 탓인지 엘리베이터 앞이 한산하다. 다행이다.

승강기의 오르내림으로 인한 금속의 마찰 소리, 다른 층의 '문이 열린다'는 안내 방송, 그렇게 적당한 수준의 고요함을 즐기고 있는 찰나, 누군가 다가온다. 아침의 질문쟁이보다는 좀 더 가까운 관계. 하지만 그에겐 집요한 면이 있다. 나는 배터리가 얼마나 남아 있는지 확인한 후 미량의 그것을 알뜰하게 모은다. 일상적인 소재 몇 가지가 오가고 업무 얘기, 점심 메뉴, 최근 쇼프로에 출연한 스타의 사생활 얘기 등이 이어진다. "근데 진짜 별일 없어요? 표정이 평소랑 좀 다른데." 그는 마치 내 고갈된 상태를 알기라도 하듯 변칙적이고 끈기 있게 대화를 잇는다. "아, 뭐, 별일 없어요. 그런데 오늘 좀 습한 것 같죠?" 남은 배터리 몇 방울로 목을 적시며 주제를 돌린다. "에이, 뭔 일 있구만~! 뭔데요?" 돌아가는 주제를 상대가 잡아끈다. "뭔데, 뭔데~ 누구랑 다퉜어요?" 마치 양 볼을 두 손바닥으로 잡힌 것만 같다. 방전된 배터리가 멍한 표정으로 나를 바라본다. 힘주고 있던 안면 근육이 흩어지며 한마디 툭 내뱉는다. "아, 그만 좀 물어봤으면 좋겠는데요."

아… 그만 좀 물어봤으면 좋겠는데요…

이따금 소진된다

　평소에 감정을 잘 드러내지 않는다. 그것이 부정적인 경우라면 특히나. 그날 대단한 사건이 있었던 것도 아니다. 내 모습만 놓고 보면 딱히 화를 냈다고도 보기 어렵다. 하지만 상대는 조금 전과 다른 내게서 차이를 느낄 수밖에 없다. 그저 걱정이 돼서 물어봤을 뿐인데 불쾌감을 드러내는 내가 이상하게 보일 테지. 실제로 그는 잘못이 없다. 그저 이 소심한 성향을 이해 못할 뿐이다.

　이따금 소심인은 이런 경험을 한다. 자신을 잘 드러내지 않는 공간에서 마음을 쓰고 쓰다가 결국 소진되어버리는 것. 집에만 가면, 혹은 친밀한 누군가와 얘기할 수 있으면 충전이 가능하다. 그러나 집에도 편치 않은 일이 기다리고 있을 때가 있다. 친구와도 갈등이 있기 마련이다. 그럴 때면 고스란히 그 상황들을 감내해야 한다. 마치 불경기처럼 잔고는 바닥인데 돈 쓸 일은 줄 서 있는 셈이다. 그래도 잘 버틴다. 다른 중요한 것들을 잘 참아낸다. 그러다 예상치 못한 곳에서 날카롭고 엉성한 반응을 해버린다.

　상대의 놀란 표정을 눈에 담고, 혼자만의 공간으로 돌아가 그 순간을 되새긴다. 그에게 뭔가 큰 잘못을 한 것 같아 사과할까, 연락할까, 어떻게 오해를 풀까 겹겹 고민을 쌓는다. 괜스레 연락해서 별일 아닌 걸 확대하는 건 아닐까. 그래도 사과하는 게 맞겠지. 왜 평소처럼 차분하게 반응 못 했을까. 얼굴 보고 말하는 게 좋겠다. 너무 늦어지면 말 못 할지도 몰라. 그래도 전화로 하는 건 좀 그렇지. 아니, 얘기하는 게 정말 맞을까. 괜히 더 불쾌하게 생각할 수도 있잖아. 그래, 당황했을 거야. 사과는 해야지. 내일 얘기해보자. 평소보다 좋은 컨디션을 유지하고 얘기하면 돼. 오만 생각의 행성을 오가며 수렴을 유도한다. 그 오랜 시간 홀로 또, 마음을 쓴다.

그렇게 고민 고민 끝에 말을 꺼내면 정작 상대방은 그 순간을 기억조차 못 하고 있다.

마음을 쓰는 방법이 다를 뿐

소심한 성격 때문에 필요할 때 말 못 하고 해야 할 때 망설인 경험, 셀 수 없이 많다. 마음을 쓰고 쓰다가 마지막에 걸린 애먼 놈에게 텅 빈 배터리를 던진 적도, 그 순간을 곱씹으며 후회한 적도 많다. 나에겐 큰 고민을 별일 아닌 양 툭 얘기해버리는 사람들을 보게 된다. 대범한 그들은 배터리 용량도 큰데 심지어 에너지 효율성도 높아서 능수능란하게 타인을 대한다. 부럽게 바라본 적도 꽤 있다. 보고 있노라면 이 성격 때문에 뭔가 손해 보는 듯한 느낌을 지울 수 없다.

그런데 같은 경험을 몇 번 반복하고, 마음 쓰는 일에 조금은 무뎌지거나 나름의 효과적인 방법들을 찾게 되었을 때쯤, 문득 그런 생각이 들었다. 굳이 스스로를 대범한 시각으로 바라보고 있었구나. 결국 나는 어설프고 느리더라도 사소한 자극에 온몸으로 반응하며 차곡차곡 쌓아가는 존재. 그래서 더 넓고 깊게 현상을 바라볼 수 있게 되었다.

소심인은 의외로 꽤 많다. 그들 역시 대범해야 손해 보지 않는 듯한 분위기 속에서 때론 흔들리고 혼란을 겪는다. 하지만 여전히 고요한 자신의 시간을 사랑한다.

소심해서 손해 보는 것이 아니다. 마음을 쓰는 방법이 다를 뿐이다. 세상 모든 걸 밝히는 해보다는, 이따금 어둠 속에 몸을 숨겨줄 수 있는 달이 되고픈 마음. 그런 마음을 가진 자들. 우린 서로를 알아볼 수 있다.

그래서 나는 오늘도
마음을 쓴다.

꼭 자신감이 필요할까

유치원: 떨리는 첫 경험

동요 〈허수아비 아저씨〉를 즐겨 부르던 아이가 있다.

소풍 가는 버스. 아이는 다른 친구들처럼 엄마와 함께 앉아 선생님이 골라주는 노래를 입 모아 불렀다. 준비된 행사가 끝나자 선생님은 자리를 돌며 아이들을 인터뷰했다. 누군가는 좋아하는 음식을 얘기했고, 누군가는 가족을 소개했다. 노래를 부른 친구도 있고, 뜬금없이 웅변을 한 녀석도 있다. 아이의 차례가 되었다. 선생님이 자신을 향해 다가오자 아이는 평소와 다른 묘한 기분을 느꼈다. 더운 듯 추운 듯 피부가 간질거리면서 심장이 빠르게 뛰는 느낌. 코앞으로 마이크가 다가왔고, 선생님이 뭔가를 물었다. 아이는 말을 하고 싶지 않았다. 자신을 더웠다가 춥게, 그러다가 숨이 차게 만드는 그 상황을 멈추고 싶었을 뿐이다. 공백의 시간이 길어지자 엄마는 아이에게 평소에 자주 부르던 〈허수아비 아저씨〉를 불러보면 어떻겠느냐고 했다. 마지못해 마이크를 받았다. 노래는 아슬아슬 첫 소절을 넘기는가 싶더니 이내 다 타버린 성냥처럼 사그라졌다. 아이는 엄마의 품으로 고개를 묻었다. 이후로는 그 노래를 즐겨 부르지 않았다.

꿈에서 우연히 엿들었던 얘기처럼 희미한 장면. 하지만 유치원생의 손엔 너무 컸던, 그래서인지 가냘프게 떨렸던 마이크는 빛바랜 사진처럼 지워지지 않고 기억에 남아 있다. 그 사진 속에서 마이크를 잡고 있던 아이는 분명히, 나다.

초등학교: 염소 울음소리의 시작

[평소 세심하고 조용한데 이따금 활기찬 모습이 나타남.
교우 관계가 원만함.]

초등학교 생활기록부 내용이다. 조용하면서 활기찬 모습은 어떤 것일까. '이따금' 나타나는 모습을 왜 굳이 기록했는지 의

아했다. 한편으론 나를 활기차고 관계가 원만한 사람으로 표현해준 것이 내심 좋았다. 세심하고 조용한 것만으론 뭔가 부실했던 문장이, 잘 완성된 것처럼 보였다.

"앞에서 두 번째. 일어나서 읽어봐."

4학년 첫 수업 시간. 선생님께서 교과서 내용을 돌아가며 읽게 하셨다. 그 출발은 나였다. 아직 환경에 대한 적응이 덜 된 상태. 허수아비처럼 서서 책 속의 글자들을 음절로 꺼내기 시작했다. 떨리는 손을 움켜쥐자 음절이 흔들거렸다. 글자들이 염소 울음처럼 흐느끼며 쏟아져 나왔다. 활기찬 모습 같은 건 없었다.

고등학교: 흑역사가 남긴 요령

부모님께선 사회적이고 외향적인 성향과 어떤 상황에서도 담대한 태도, 특히 자신을 나타내거나 의견을 주장하는 능력을 중요하게 생각하셨다. 이해한다. 당시엔 그런 사람들이 주요한 역할을 하는 것처럼 보였다. 또래 대부분의 아이들이 외향성을 중요하게 생각했고, 나 역시 부모님의 바람을 훌륭한 사람의 기준으로 삼았다. 그런 모습을 내 일부로 담아냈다.

'훌륭한 사람'을 표방하는 장치들은 고등학교를 졸업할 때쯤 꽤 견고하게 갖춰졌다. 난 그럴싸하게 과감했고 눈에 띄게 사회적이었다. 그 모습을 만들기 위해 많은 산을 넘었다. 셀 수 없을 만큼 많은 어설픈 순간과 좌절 그리고 흑역사를 남겼다. 나름의 요령을 얻었다. 낯선 상황을 대범한 척 넘겨내곤, 성공했다며 홀로 환호했다. 염소 울음의 연장선에 있는 경험은 모두 실패로 기록했다. 실패할 확률이 높은 상황은 능숙하게 피했다. 성공할 확률이 높은 상황은 굳이 부딪쳤다. 많은 사람 앞에 몸을 던졌다. 요령은 점점 더 발전했고, 대범한 세계의 외현은 확장됐다.

대학교, 성격심리학 수업 : 익숙해진다는 것

눈의 가로 세로가 작고 피부가 하얗고 조금은 동그란 얼굴의 교수였다. 그녀는 조용하고 차분하게 수업을 진행했다. 내향성에 대한 주제에선 자신의 경험을 사례로 덧붙였다. 학생이 갑작스러운 질문을 하거나 예상 밖의 상황이 생기면 얼굴이 붉어진다거나 말이 끊겼다. 그럴 때마다 "내가 좀 당황을 잘해요"라고 말하고는 수업을 이었다. 그리고 내가 늘 실패로 기록해왔던 '염소 울음의 연장선'을 그대로 드러내면서도 끝까지 자신의 메시지를 전달했다. 이상하게도 긴장을 드러내는데 오히려 안정돼 보였다. 그녀는 종강의 순간까지 자신의 교육 내용으로 강의를 꽉 채웠다.

비결이 궁금했다. 그녀가 가진 요령을 나만의 세계에 더하고 싶었다. 아니, 어쩌면 그 세계를 유지하는 데 드는 막대한 피로에 지쳐가고 있었던 것 같기도 하다. 종강 후 그녀를 찾아가 물었다. 여러 사람 앞에서도 긴장하지 않는 법을 알고 싶다고, 나도 사실 당신과 같은 성격이라고.

그녀가 답했다.

"정말 나와 같은 성격이라면 그게 사라질 가능성은 없어. 난 많은 수업을 진행했음에도 여전히 긴장돼. 다만 이것이 잘못된 것 같진 않아. 긴장은 당연한 거야. 내가 안정돼 보였다면 그건 긴장하는 내 모습에 스스로 익숙해졌기 때문이야."

사회인: 자신감에 관한 오해

연말 모임, 간만에 친구들과 모여 앉았다. 나름의 고초를 헤치고 온, 조금은 달라진 얼굴들을 하고 있었다. 반가움에 한 잔, 누군가의 승진에 두 잔, 오지 못한 이의 아픈 소식에 세 잔, 알코올이 혈관 곳곳을 헤집었고 우린 어릴 적 모습이 되어 소란스레 이야기꽃을 피웠다.

"난 저 자신감이 너무 부러워."

얼큰해진 친구가 말했다. 그의 별명은 '톡톡'이다. 평소엔 말수가 적은 편이지만 술에 취하면 아껴뒀던 말을 한다. 이때 꼭 술잔으로 상 바닥을 톡톡 치기 때문에 붙여진 별명이다. 톡톡이 부럽다고 가리킨 방향에는 또 다른 친구가 있었다. 갈색 구불 머리로 덮인 둥그렇고 누런 얼굴에 작은 눈, 코와 함께 유독 크고 두꺼운 게 붙어 있었으니 입술이다. 예상 가능하게도 별명은 '순대'다. 그가 윗순대 아랫순대를 부지런히 출렁이며 애기를 하고 있다.

"순대 저 자식은 아무 데서나 저 하고 싶은 대로 행동하거나 말을 하잖아. 기죽고 그런 게 없어."

톡톡은 순대를 아련히 바라보며 말했다. 그 말을 들으며 조금 이상한 기분이 들었다. 나에겐 톡톡이 평소 조용하지만 좀 더 안정되고 자신감 있는 사람으로 보였기 때문이다. 그에게는 타인의 이야기를 끝까지 들어줄 수 있는 여유가 있다. 반면 순대는 상대방이 누구든 자신을 피력한다. 무턱대고 떠오르는 단어를 나열할 때가 많았고, 그 행동에는 상황의 공백을 견디지 못하는 초조함 같은 게 있었다. 톡톡에게 군이 필요한 모습이 아니라고 생각했다. 그런 그가 순대를 부러워한다니, 무슨 말일까. 그에게 물었다.

"네가 보기엔 저게 자신감이야?"

"저게 자신감이지, 아니면 뭐가 자신감이냐?"

"자신감이 왜 필요하다고 생각하는데?"

"그래야 기회를 잡고 성공할 수 있잖아."

"자신감이 있어야 성공한다고? 왜?"

"몰라. 너도 자신감 있는 성격이라 몰라."

당혹스러웠다. 친구의 날 선 반응보다 나에 대한 인상이 더. 나는 하루에도 몇 번씩 당황하고 후회하는 소심인이기 때문이다. 왜 톡톡의 눈에는 대범인인 순대와 소심인인 내가 모두 자신감 있어 보였을까. 그가 원하는 자신감이란 정확히 뭘까.

수상한 수상 소감

"저는 말을 잘 못합니다." 그는 더듬거리며 말을 이어갔다. "영화 처음 할 때, 사람들이 다 반대했어요. 저 같은 사람, 저기… 주인공 써서 흥행이 되겠냐고… 어… 제가 스무 살 때 처음 연극 시작할 때도 형, 누나들이 다 반대했어요. 넌 내성적이라 안 된다고. 연습할 때 떨고 울고 난리였는데… 그분들 다 그만두고 저 혼자 남아 있거든요… (중략) 야, 이렇게 뚱뚱하고 못생긴 사람도 상 받는다. 꿈 포기하지 마라, 애들아. 더 노력하

26

는 배우가 되겠습니다. 칭찬해주셔서 감사합니다."

곽도원의 수상 소감이다. 그는 청룡영화제 톱스타상을 수상하며 어렵사리 소감을 뱉었다. 사실 그날 그는 청룡영화제의 다른 시상도 맡았다. 역시나 더듬거리는가 하면, 다른 사람의 대본을 읽거나 횡설수설하다가 말했다. "아수라장입니다… 아주. 아이고."

그는 소심인이다. 자신감이 없다는 것을 스스로 알고 있다. 정확히는 '어떤 순간에 자신을 발휘해야 하는지' 알고 있다. 그는 자신이 원하는 분야에 끊임없이 도전했고, 현재는 대한민국의 대표적인 연기파 배우로 자리 잡았다. 정해진 대본, 예상한 장소, 수많은 연습, 그는 필름 속에서 자신의 강점을 유감없이 발휘한다. 하지만 예능 방송에 출연할 때, 시상대에 오를 때, 무대 인사를 할 때, 여전히 당황하고 긴장한다. 그는 성공했고, 소심하다.

소심함 덕분에 성공한 것들

소심한 그가 어떻게 성공했지? 하는 의문이 들었다면, 톡톡과 같은 관점을 가지고 있을 가능성이 높다. 그는 소심한 성격에도 '불구하고' 성공한 것이 아니라 소심함 '덕분에' 성공한 것

이기 때문이다. 아래는 소심한 성격이 아니었다면 세상에 존재
하지 않았을 것들이다.

만유인력의 법칙

상대성 이론

쇼팽의 〈녹턴〉

찰리 브라운

구글

해리 포터

피터 팬

V3 백신 프로그램

영화 〈곡성〉의 종구

  성공을 자신감과 일직선상에 두는 사람들이 많다. 우리는
어떤 상황에서든 능숙하고 수려하게 대처하는 인물들을 동경
한다. 성공하려면 대범해야 하고 행복해지려면 사교적이어야
한다고 생각한다. 그래서인지 주변을 돌아보면 꽤나 많은 대
범인이 눈에 띈다. 누구나 이 '자신이 있는 느낌(자신감의 사전
적 정의)'을 갖기 위해 부단히 노력하기 때문이다. 하지만 실제
로는 세계 인구 중 절반이 소심인이다. —미국 국립연구소에
서 전 세계를 대상으로 진행한 연구 결과에 따르면— 이 중에

서도 한국은 유독 내향성이 높은 문화권으로 분류된다. 그럼에도 소심인들은 대범인을 지향하는 사회 풍토 속에서 저마다의 방법으로 상당한 성과를 이뤄왔다. 이들 모두 자신감이 있어서 성공한 것일까?

소심인에게 성공은 반드시 자신감과 닿아 있지 않다. 사실 이들이 막연한 자신감을 장착하려고 애쓰는 것만큼 비효율적인 일도 없다. 차분하게 숙고하고 판단할 시간이 필요하기 때문이다. 익숙한 상황이 될 때까지 망설이고, 스스로 납득할 수 있을 때에야 입을 연다. 필요에 따라 '익숙한 환경'의 외현을 줄이거나 확장한다. 그런 과정 속에서 자신을 꺼내지 못해 답답한 상황들을 만나기도 한다. 도망칠 때도 있고, 후회의 시간도 길다. 하지만 그 좁고 기다란 통로에서 비로소 전에 없던 성과를 만들어낸다. 소심한 성공의 역사.

익숙한 환경, 낯선 무대

톡톡 역시 자신감과 성공을 동일 선상에 두고 있었다. "그래야 기회를 잡고 성공할 수 있잖아"라는 말처럼 그것은 당연한 필수 요소였다. 그리고 친구인 나 역시 자신감이 있어서 기회를 잘 잡았다고 생각했다. 하지만 나는 더도 덜도 없는 소심인이다. 자신감 따위 없다. 〈허수아비 아저씨〉 사건의 아픔을 시작으로 익숙한 환경, 확실한 상황 속에서 조금씩 스스로를 발현했을 뿐이다. 나에게도 여전히 곽도원의 '익숙한 촬영장'이 있고 '낯선 시상대'가 있다.

"나는 소심해."

소심인이 가질 수 있는 면모들을 설명했다. 톡톡이 성공한 이들의 공통점을 자신감이라고 본 것은 어쩌면 그들이 눈에 더 잘 띄기 때문일지도 모르겠다. 우리에게 기회는 자신감보다 지속적인 노력과 닿아 있는 게 아닐까, 되물었다. 술 오른 면전에 참 열심히도 떠들었다. 자신감이 꼭 필요한 건 아니라고.

소심한 아이에서 소심한 어른이 되었다.

말의 힘은 따로 있다

원하든 원치 않든 우린 누군가에게 말하는 상황에 놓인다. 그 대상은 익숙하고 편한 친구 한 명부터 날 노려보는 수십 명까지 다양하다. 대화의 형태일 때는 상대의 얘기를 잘 듣고 공감하면 되지만, 청중을 상대로 할 때는 정확하게 혹은 이해하기 쉽게 정보를 전달해야 한다. 그런데 이는 꽤나 긴장되는 경험이다. 본연의 목적보다는 '떨지 않고', '우스꽝스럽지 않게', '근사하게' 말하는 걸 신경 쓰게 되기 때문이다. 어디선가 봤던 유창한 발표자의 모습과 스스로를 비교한다. 발표를 충실히 잘해놓고 망쳤다며 실망하는 이도 어렵지 않게 볼 수 있다. 중간중간 말을 더듬거나 당황했던 모습이 맘에 들지 않는다는 것이다. 혹시 그건 사회적으로 학습된 강박이 아닐까.

말에는 힘이 있다. 그런데 그 힘은 수려하고 유창한 언변에서만 나오는 게 아니다. 성격심리학 교수는 말투가 근사하지 않았고 표현이나 발성도 그리 유창하지 않았다. 굳이 따지자면 '허수아비의 염소 울음'에 더 가까웠다. 그러나 그녀의 수업 내용은 놀라울 정도로 알찼고, 대부분의 청자는 그 이야기에 몰입되었다. 물론 한 분야의 전문가라서 그럴 수 있다. 그런데 비실비실 시작하는 누군가의 이야기가 옹골차게 다가오는 경우는 의외로 많다. 반대로 과감하고 당당한 어조로 시작하는 이야기가 용두사미로 끝나는 경우도 심심치 않게 본다. 말하는 행위나 톤에만 치중하여 정작 전하려는 내용에 대해 충분히 고민하지 않은 탓이다. 말하기의 목적은 '내 생각이나 정보를 잘 전하는 것'이다. 유창하게 하지 않더라도, 〈세상을 바꾸는 시간, 15분〉이나 〈어쩌다 어른〉의 전문 연사처럼 청중을 홀리진 못하더라도, 그 안에 담긴 내 생각과 이야기가 명확하다면, 말은 힘을 갖는다.

대범한 사람이 되기 위해 긴 시간을 쏟았다. 하지만 그 시간은 스스로의 본질을 이해하는 경험에 더 가까웠던 것 같다. 결국 난 어떤 상황을 필요 이상으로 고민하고 당황하는 소심인이기 때문이다. 대범한 척 혀를 놀릴 수 있는 익숙한 상황이 늘었을 뿐, 여전히 지나치는 낯선 사람의 눈빛에도 가슴을 쓸어내린다. 수십 명 앞에서 그럭저럭 말하는가 하면 한두 명 앞에서도 입을 못 열고 우물쭈물한다. 여전히 떨고, 빨개지며, 마른 숨을 고른다.

겹겹 흑역사를 쓰며 알게 된 건 '일상의 담담함'이다. 삶엔 드라마와 엔딩이 있지만, 일상엔 없다는 것. 일상의 길고 반복적인 흐름은 어느 한 지점이 반짝거리거나 일그러진다고 해서 크게 동요하지 않는다. 담담하게 내일이 올 뿐이다. 혹여 오늘 청중 앞에 서게 되면, 내가 고민했던, 그래서 꼭 하고 싶었던 이야기를 한 숨 한 숨 삼키며 뱉으면 된다. 유창하지 못했다고 실망할 필요는 없다. 잘했다고 교만할 필요도 없다. 그 모습이 더러 못나도, 내가 말을 멈추지 않는 한 이야기는 쌓인다. 오늘이 간다.

그 일상이 모여 삶의 드라마가 되는 건 아닐까. 소심해서 더 재미있는.

꼭 많은 사람과 친해져야 할까

"두루 친하게 지내면 좋잖아."

대학교 선배가 자주 입에 담던 말이다. 그의 별명은 '두루'다. 별명만큼이나 넓고 다양한 인간관계를 보유하고 있었고, 졸업한 후로도 그런 관계를 끊임없이 유지했다. 그가 하는 말이나 행동 역시 관계를 넓히거나 유지하는 것에 초점이 맞춰져 있다. 좋은 첫인상의 정의, 사람에게 다가가는 기술, 더 사회적으로 보이는 방법, 더 많은 사람과 원활하게 지내는 요령 같은 것들이다.

그는 나에게도 스스럼없이 다가왔다. 그러고는 어느 날 물었다. 왜 사람을 가려 사귀냐? 두루 친하게 지내면 좋잖아.

• 두루 : 빠짐없이 골고루

그는 대범인이다.

두루 선배의 적극적인 태도는 내가 많은 사람과 잘 지내야 하는 이유를 이해하기도 전에 대인관계의 정설로 다가왔다. 다양한 사람들과 원만한 관계를 유지하는 것이 더 행복한 것처럼 보였다. 어떤 상황에서든 능숙하게 적응하는 모습이 멋져 보였다. 그 때문에 대범한 방식에 대한 의문을 입 밖으로 꺼내지 못했다. 그런 의문 자체가 덜 사회적이고 더 폐쇄적인 성격의 산물처럼 보였으니까. 자신감 없는, 소심한 이들은 뭔가 해낼 수 없을 것 같은 분위기가 있었다. 결국 나는 대범인의 옷을 입었다. 많은 사람과 원만한 관계를 유지하며 지냈다. 능숙하게 대했다.

대범함과 소심함의 차이

누구나 새로운 사람을 만나고 그중 어떤 사람과 좀 더 친밀한 관계를 이어가곤 한다. 누군가는 넓고 다양한 관계를 지향하는가 하면, 누군가는 소수 몇 명과의 깊고 연속적인 교류를 중시한다. 그럼에도 우린 자연스레 넓고 다양한 관계망을 구축해야 하는 것처럼 느껴왔다. 그런데 이러한 추구는 더 눈에 잘 띄고 더 빨리 반응하는 대범인의 시각에 기반을 두고 있다. 대범인은 스스로 드러낼 수 있는 모습의 범위가 넓어서 상대방에 대해서도 무리 없이 다가가기 때문이다. 그렇게 형성된 넓은 관계는 마치 그들이 소유한 강력한 에너지처럼 보이기도 한다. 실제로도 강력하다. 이 때문에 상대를 살피고 관계의 거리를 좁히는 데 시간이 소요되는 소심인은 자신의 신중한 성향이 마치 덜 대범해서 덜 훌륭한 것 같은 인상을 받는다. 심지어 저명한 심리검사인 〈다면적 인성검사MMPI〉에서는 사회적 내향성Social Introversion을 병리적 특성처럼 다룬다.

그런데 소심함은 대범하지 못함을 의미하는 것이 아니다. 대범함이 소심하지 못한 것을 의미하는 것이 아닌 것처럼 말이다. 그저 이 두 성향은 서로를 흉내 낼 수 있을지언정 그렇게 살아갈 수 없을 만큼 다를 뿐이다. 그 차이는 '리비도libido'라고 하는 정신 에너지로 간단하게 설명할 수 있다. 리비도는 쉽게 말해 '본능'이라고 할 수 있는데 ─외/내향적 기질에 대한 연구에 따르면─ 대범인의 리비도는 외부로 흐른다. 즉, 외부의 대상이 나를 어떻게 대하고 나와 어떻게 교류하는가를 중요하게 여긴다. 이 때문에 끊임없이 에너지를 분출하며 자신을 드러내는 것을 선호한다. 자연스레 말이 많아지고 사교성이 높아지며 친절해진다.

반면에 소심인은 리비도가 내부로 흐른다. 외부 환경보다는 내면의 심리 상태가 어떻게 흐르고 있는지에 관심을 갖는다. 따라서 대범인과는 달리 에너지를 보존하려고 한다. 사색적이고, 조용하고, 초연해질 수밖에 없다. 중요한 것은 이 두 성향이 반대편의 방식으로 에너지를 소모하거나 얻을 수 없다는 점이다. 예컨대 소심인은 타인과 상호작용을 할 때 에너지를 소비하고, 홀로 조용히 생각할 때 에너지를 얻는다. 대범인은 타인과의 상호작용을 통해서 에너지를 얻고, 홀로 생각하며 에너지를 소비한다.

대범인과 소심인의 차이는 관계를 다루는 방식에서도 나타난다. 일반적으로 대범인은 '사교적'이고 소심인은 '비사교적'이라는 인식이 있는데, 이는 사교성을 '관계의 크기'로 판단하려는 관점에 기인한다. '누군가와 사귀려는 성질'은 소심인에게도 중요하기 때문이다. 다만 소심인은 상대를 고르는 것에 신중하다. 별 볼 일 없는 시시콜콜한 대화만 주고받으며 에너지를 축내는 관계보다는, 조금이라도 내면을 반영하고 교감할 수 있는 관계를 추구한다. 따라서 상대방의 성향이나 서로에 대한 친밀함이 중요한 요건이 된다. 반면에 대범인은 타인과의 관계에서 반드시 친밀함을 추구하지는 않는다.

그들이 대인관계를 통해 얻는 것

행복의 조건에 대한 연구에서 대범인과 소심인에게 〈행복노트〉를 적게 했다. '지난 일주일 동안 행복했던 경험'을 나열하는 것이다. 결과를 분석하자 두 성향은 대인관계에서 추구하는 것과 얻는 것 모두 상당한 차이를 나타냈다. 대범인은 대인관계를 통해 '유쾌한 일상, 자부심, 즐거움, 사회적인 인정'을 추구한다. 대범인의 〈행복노트〉에는 다양한 사람들과 보낸 일상, 특히 그들과 목적의식이 있는 뭔가를 하거나 긍정적인 성과를 얻은 것들이 적힌다. 산책이나 운동, 심지어 업무나 공부도 누군가와 함께할 때 더 즐거움을 느낀다. 정기적인 모임을 갖는 것, 오랜만에 만난 친구들과 왁자지껄한 술자리를 갖는 것, 우연히 만난 사람들과 다양한 네트워크를 유지하는 것을 중시한다. 친밀함의 정도보다는 대인관계 자체를 통해 많은 행복을 경험한다.

반면, 소심인은 친밀함을 바탕으로 교류하는 시간 속에서의 안락함을 추구한다. 소심인의 〈행복노트〉는 친밀한 지인과 보낸 시간으로 채워진다. 비록 그 시간 자체에 목적이나 성과가 없어도 괜찮다. 조용한 벤치나 카페에 앉아 대화를 나누는 것, 혹은 꼭 대화를 하지 않더라도 함께 있는 것, 가족과 자신의 경험을 공유하거나 속 깊은 이야기를 나눈 것들이 적힌다. 소심인의 행복은 그렇게 쌓인다. 쌓이고 있다.

덜 대범해서 더 소심한 게 아니다

내가 대범인의 옷을 입고 넓혔던 울타리는 시간이 흐르며 자연스레 좁아졌다. 그리고 '넓고 다양한 관계'를 좋은 삶의 전제로 말하는 이에게 "왜죠?"라고 되묻는 소심인이 되었다.

얼마 전 두루 선배의 연락이 왔다. 잘 지내냐? 선배는 잘 지내요? 나는 잘 지낸다. 저도 잘 지내요. 요즘 두산 야구 잘하더라. 에이, 삼성은 오래 누렸잖아요. 사람 욕심이 끝이 없더라. 올해는 저희가 갖고 갈게요. 그래, 조만간 보자. 나는 그러자고 답했다. 그의 연락이 반가웠다. 먼저 나를 떠올리고 찾아준 것이 고마웠다. 우리의 공감대인 야구 얘기로 대화를 튼 것도 편안했다. 하지만 그의 연락이 〈행복노트〉에 적히진 않는다. 나는 소심하다.

꼭 말을 놓아야 할까

"근데 너 왜 말 안 놔? 우리 같은 1학년인데."

"어, 그… 먼저 놓으세요."

"나 아까부터 놨잖아. 말 놓은 거 안 보여?"

"아…."

"너도 말 놔~"

"아, 예. 알았어요."

"놓으라니까?"

"아? 놓을게요."

"말 놓으라고!!"

"알았어요~ 놓으면 되잖아요."

"아, 놓으라니까!?"

"아, 갑자기, 막, 놓으라고 하면, 제가 못 놔요."

— 영화 〈건축학개론〉, 서연(수지 분)과 승민(이제훈 분)의 대화 中

40

외부 기관에서 실무 교육을 받은 적이 있다. 4주간 진행되었고 나를 비롯한 여러 업체의 담당자가 참석했다. 늘 그렇듯 첫 대면은 어색했으나, 수업이 시작되자 강사의 입담에 몇몇 얼굴이 웃음을 드러냈다. 귀갓길엔 명함을 주고받는 이들이 보였다. 첫 주 마지막 수업이 끝났을 때쯤 누군가 회식을 제안했다. 40대 중반 정도 돼 보이는 남자였는데, 바빠서 염색을 할 시간이 없었는지 검은 머리카락의 뿌리 부근과 구레나룻이 회색빛이었다. 화려한 프린팅의 티셔츠와 하늘색 재킷은 그가 자유로운 회사의 직원이며, 직위가 높고 왠지 대범한 성격일 것 같은 인상을 줬다.

회식 자리가 무르익자 회색 머리 아저씨는 자신의 나이가 나머지에 비해 월등히 많다며 말을 놓기 시작했다. 대범하고 재치 있는 모습 때문인지 그런 태도가 분위기를 해치진 않았다. 문제는 그가 다른 사람들도 서로 말을 놓게 한 것이다. 자신은 어른 놀이 하기 싫다고, 각자의 자리에서 격식 차리고 힘주던 우리들인데 여기서라도 편하게 대하자고, 뭐 그렇게 친해지는 거 아니겠냐고. 사람들은 그의 매력에 홀려서인지 혹은 그들 역시 편한 관계를 원했는지 형님, 동생, 누님, 어이 친구, 하며 말을 놓기 시작했다. 나 역시 모나고 싶지 않아서 아직 얼굴도 잘 모르는 사람들에게 반말을 했다. (사실 말 자체를 거의 못 했다.)

"주말 잘 보냈어?"

"아, 네. 안녕하세요."

"아, 어, 안녕하… 말을 저번 주에 놓은 거 아니야, 요?"

주말이 지났고, 누군가 나에게 인사를 걸어왔다. 난 그가 디자이너이고, 남자이고, 그리고 또 그… 나와 같은 수업을 듣는 것 외에는 아는 것이 없었다. 나이는 물론 이름조차 기억이 나지 않았다. 잘 모르는 사람이니 자연스레 존대를 했고, 우리는 둘 다 적잖이 당황했다. 그는 더 이상 대화를 잇는 게 어려웠는지 '아, 그럼 오늘도 수고~'라며 자리로 돌아갔다. 그날 나는 인사를 건넨 모든 사람에게 존댓말로 답할 수밖에 없었다.

타인과 가까워지는 데 걸리는 시간

말을 놓는 것이 쉽지 않다. 언제 말을 놓아야 하는 것일까. 특히 사회생활이 시작되는 2~30대부터는, 꼭 말을 놓아야 하는 것인지 의문이 생겼다. 누구에게나 말을 쉽게 놓으며 성큼 다가서는 사람을 보면 붙임성이 좋다는 생각보다 경우 없는 사람이라는 인상이 먼저 들기 때문이다. 나에게 그런 식으로 다가오는 사람이 있으면 반사적으로 몸에 힘을 주고 피하게 된다. 한번은 나보다 나이가 적은데도 슬쩍 말을 놓기에 나 역시 말을 놓아야 하나 고민한 적도 있다. (결국 놓지 못했다.)

소심인은 타인과 가까워지는 데 긴 시간이 걸린다. 편한 사람과 그렇지 않은 사람의 경계가 분명하다. 그러므로 말을 놓을지에 대한 고민은 관계 초반이 아니라 서로를 충분히 알고 난 후, 가령 자신이 중요하게 생각하는 것과 끔찍하게 싫어하는 것, 후회하는 일 정도에 대해 이야기 나눈 뒤에 해도 늦지 않다. 친해진 후에도 존대하는 것이 편하게 느껴지면 그대로 유지하곤 한다.

관계 초반부터 서로를 알아보고 편하게 대하는 경우도 없는 건 아니다. 다만 연배에 별 차이가 없거나 동갑내기라는 이유만으로 말을 놓아버리면 오히려 가까워지기 어려운 경우가 더 많다. 잘 모르는 사람에게 반말을 하는 것 자체가 불편하기 때문이다. 더군다나 알지도 못하는 사람이 말을 툭 놓으며 다가올 때는, 정신이 살짝 아득해지기도 한다.

가까워지기 위해 말을 놓을 필요는 없다

상대를 높이는 표현은 모든 언어에 존재하지만, 문법적으로도 존댓말을 사용하는 나라는 많지 않다. 우리나라는 그중에서도 특히 존대하는 표현이 잘 발달했는데, 윗사람을 존경하고 타인에 대한 예를 중시하는 문화가 있기 때문이다. 그래서 누군가와 처음 대화를 시작할 때는 자연스레 존댓말을 사용한다. 반말과 구별되는 존댓말을 사용함으로써 상대에 대한 기본적인 예의를 표하고 있는 셈이다. 대부분의 관계는 존대에서 시작한다고 볼 수 있다.

그래서인지 '예의를 차리는 사이'와 '가까운 사이'가 상충되는 듯한 인식이 존재한다. 존댓말은 관계 초반의 언어이니, 반말을 할 정도로 소위 격이 없어야 친한 사이 혹은 친해질 수 있는 사이라고 생각하는 것이다. 그런데 '격格이 없는 사이'와 '격의隔意 없는 사이'는 엄연히 다르며, 우리가 흔히 사용하는 말은 후자이다.

• 격의: 서로 터놓지 않는 속마음

격이 없이 말을 놓아야 비로소 격의 없는 관계로 들어설 수 있다는 건 대범인의 문화일지도 모른다. 나에겐 서로에 대한 격식을 차려 존댓말을 사용하면서도 격의를 꺼내놓고 대화할 수 있는 사람들이 있기 때문이다. 적어도 상대방과 단둘이 지속적으로 대화를 나눌 수 있는 환경, 앞으로도 이 사람과 오랜 관계가 유지될 것 같은 예감 속에서 상대가 어떤 사람인지 충분히 들어보는 것, 그 과정에서 그의 성향과 태도를 존중하는

것, 조심스레 나에 대한 이야기를 꺼내는 것이 '격의 없는 사이'
로 가기 위한 소심인의 시간이다.

　가까워지기 위해 말을 놓을 필요는 없다. 말을 놓은 사이가
가까운 사이를 의미하는 것은 더더욱 아니다. 지금 관계의 거
리가 멀든 가깝든, 내가 말을 놓기 어려운데 굳이 그 불편을 감
수하며 관계의 물리적 거리를 좁힐 필요가 없다. 적어도 소심
인에게는. 말을 놓아야 하는 시점이나 놓기 위한 시간을 따져
보는 것, 놓아야 한다는 불편감 자체가 소심인의 것이 아닐지
도 모른다.

　나는 관계의 속도에 맞춰 말을 놓지 않는다. 못하는 것이기
도 하다. 괜찮다. 길게 뱉은 호흡을 머금은 민들레 씨앗이 상대
의 몸에 날아가 붙고, 그 씨앗들이 꽃을 피우며 천천히 서로의
모양을 알아가는 것이 좋다. 조급해할 필요는 없다. 가까울수
록 상대에 대한 격을 지키는 것이 더 오랜 기간 서로 아끼고 사
랑하는 길일지도 모른다.

소심인의 마음을 나타내는 10가지 행동

"깊은 바닷속 심해어요. 어떤 경쟁 상대도 없고, 약육강식의 포식자도 없는 상태, 내가 포식할 것도 없는 상태, 그렇게 심해어가 바다를 유영하는 상태가 가장 편안한 것 같아요."

"그러니까 가장 행복했던 순간이 깊은 바다에 갔을 때라는 말씀이세요?"

"네? 아니요. 그… 그러니까 저는 편안한 상태가 행복해요. 크게 좋은 일이 있으면 오히려 조금 불안한 상태에 가까운 것 같아요. 그냥 아무것도 없는 그런 상태가 더….”

"아, 네. 그러면 '가장' 행복한 상태는 아무것도 없는 상태?"

"그… 네. 그런데 가장 행복하다는 게 아니고, 가장 행복하다는 말 자체가 저에겐 조금….”

이달의 사원에 뽑힌 직원을 인터뷰 중이다. 일종의 10문 10답이다. 그는 내가 아는 소심인 중에서도 특히 더 소심하다. 대범인인 질문자의 적극적인 공세와 그것에 머뭇거리는 소심인의 답변이 이어진다.

"그러면 가장 많이 웃었던 경험은 뭔가요?"

"아… 그냥 스스로 즐거워서 웃는 순간이 좋은 것 같은데, 사실 그런 상황은 자연스러운 거라서 기억엔 안 남고…."

"여기서 일하면서 특별히 기억에 남는 순간이 있나요?"

"오랫동안 알고 지내던 사람들과 편하게 이야기를 할 때, 좋았던 것 같아요."

"그게 구체적으로 언제예요? 기억에 남는 자리라든가?"

"아… 그러니까 그게 딱 있다기보다, 그런 경험들이 좋게 남아 있어요."

"그러면 최근에 그런 경험은 어떤 게 있었어요?"

재밌다. 그냥 그렇다는 건데 왜 질문자는 그것을 완전한 답변으로 느끼지 못하는 걸까. 최고의, 가장, 확실한 뭔가를 결과로 담아내야만 하는 소명 때문일지도. 하지만 소심인에게 그런 답변을 얻는 건 쉽지 않다. 심지어 눈앞의 상대가 상체를 바짝 당기고 앉아서는 부리부리한 눈을 번뜩이며 질문을 할 땐 더더욱 그렇다. '가장 어떠한' 이야기가 있다 한들, 그걸 모든 사람이 볼 수 있는 공간에 흩뿌리고 싶을 리도 없다. 자연히 일반적인 상황들로 답변하게 된다. 그러면 또 상대는 집요한 질문을 이어 붙인다. 실제 대화가 그랬던 건 아니지만, 마치 윽박지르는 어른과 몇 개의 단어를 고르며 우물거리는 아이의 모습처럼 보인다. 그런 광경을 보고 있자니 하고픈 말이 역류한다. 질문자님, 그 질문은 형태를 바꿔 몇 번 더 한다고 해서 다른 답이 나오지 않아요. 다음 질문으로 넘어가는 게 좋아요.

굳이 말하진 않는다. 나도 소심인이니까.

소심인의 마음을 알 수 있는 행동들

사회적인 (아마도 대범인의) 시각에서 바라보면 소심인을 이해하기 어렵다. 당최 무슨 생각을 하는지도 감이 안 잡힐뿐더러, 특히 관계에서는 나에 대해 어떤 식으로 판단하고 있는지조차 알기 어렵다. 이 때문에 소심인의 의미 없는, 혹은 굉장히 의미 있는 행동을 과해석하거나 오해하여 관계가 이상한 형태로 흐르는 경우가 있다. 문제는 소심인이 친밀한 관계가 아닌 이상 그런 상황을 적극적으로 해명하지 않는다는 것이다. 소심인의 마음을 나타내는 몇 가지 행동 유형을 모아봤다. 모든 상황에서 그런 것은 아니지만, 후반부로 갈수록 좀 더 친근한 상대에게 나타나는 행동으로 볼 수 있다.

1) 먼저 말을 걸어온다

일반적으로 소심인은 잘 모르는 누군가에게 먼저 다가가지 않는다. 만약 소심인으로 보이는 어떤 사람이 나에게 먼저 인사를 한다거나 말을 걸어온다면 그것은 어느 정도의 관심이 있다는 의미이다(혹은 꼭 해야 할 얘기가 있거나). 별다른 이유 없이도 타인에게 다가갈 수 있는 대범인과는 다르다.

한편, 많이 해본 행동이 아니어서 그 모습이 상당히 어색해 보일 수 있다. 예를 들면 왼팔과 왼다리가 같이 나간다든가 하는.

안녕하세요-

2) 껍질을 열어 보인다(자발적으로 뭔가 얘기를 한다)

소심인을 감싸고 있는 껍질은 꽤나 단단하여 그것을 깨뜨리거나 내부를 들여다보는 게 쉽지 않다. 내면이 드러나는 것을 원치 않기 때문에 굳이 먼저 뭔가 말을 하지도 않으며, 그조차 상당히 긴 시간이 필요하다.

만약 소심인이 자발적으로 어떤 이야기를 하기 시작한다면 나에게 관심을 갖고 있다는 의미이다. 그것은 대범인이 상대가 궁금하여, 갑자기 하고 싶은 얘기가 있어서, 혹은 대화가 멈추는 것이 싫어서 말을 거는 것과는 다르다. '스스로 어떤 말을 하는 행위' 자체에 결심이 필요하다.

3) 개별적인 관계를 맺으려 한다

소심인은 뛰어난 관찰력을 갖고 있기 때문에 친구를 사귀거나 관계를 넓히기 위해 적극적으로 시도하지 않는다. 상대방에 대해 충분히 알아보고 신중하게 (때론 필요 이상으로 고민하며) 선택을 한다.

만약 소심인이 나와 처음 마주친 관계 외에 좀 더 개별적인 관계, 가령 핸드폰으로 개인 연락을 하거나 따로 만나고자 하는 모습을 보인다면, 나를 알아가는 것에 순수한 흥미를 느끼고 있는 것이다. 그것은 이성적인 호감 또는 인간적이고 친밀한 관계로 발전할 수 있지만, 어느 쪽이든 꽤 오래 걸릴 수 있다. 서둘러 당기거나 다가서면 오히려 뒷걸음질 칠 수도.

4) 주의를 기울인다(안부를 묻는다)

소심인은 관계 속에서 자신의 가치를 중요하게 생각하며 그 역할에 충실하려고 한다. 그래서 친한 사람에게는 걱정을 아끼지 않고 표현하기도 한다. 그러나 그 외의 사람들에 대해선 사실상 관심을 표현하지 않기 때문에 특정 소심인의 그런 면을 알기 어렵다. 만약 소심인이 나의 일상이나 안부에 대해 물어온다면, 그(녀)가 나를 친한 사람으로 생각하기 시작했다는 의미이다. 앞으로는 그 질문을 좀 더 자주 듣게 된다.

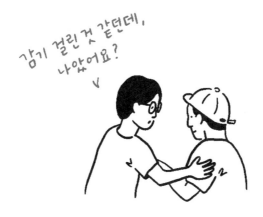

5) 자신에 대한 이야기를 꺼낸다

소심인은 친밀하지 않은 사람에게 자신이 무엇을 좋아하거나 싫어하는지, 혹은 어떤 일을 겪었고 어떻게 느꼈는지 등 개인적인 이야기를 하지 않으며, 타인의 얘기에 귀를 기울이거나 보편적이고 일반적인 수준에서 대화하려고 한다. 소심인 대부분이 말수가 적은 것은 이런 성향 때문이기도 하다.

당연하게도, 소심인이 나에게 스스로의 느낌, 감정, 흥미, 호불호 등을 얘기하기 시작했다면, 그가 나를 좋아하고, 내가 주변에 있는 것도 편안하게 받아들이고 있다는 증거이다.

6) 일상의 시간을 함께한다

소심인에겐 친한 친구와 지인의 경계가 분명하다. 만약 소심인의 매일 반복되는 일상(예: 점심 같이 먹기, 차 마시기 등)에 당신이 함께하고 있다면, 그(녀)는 당신을 각별한 사람으로 여기고 있는 것이다.

속으론 원치 않지만 타이밍이 자꾸 맞아서 그 장면을 못 빠져나가는 경우도 있으니, 시간을 두고 천천히 알아볼 필요가 있다. 옆에 계속 보인다고 해서 확신하는 것은 금물.

7) 나를 도우려고 한다

사실 소심인은 맘속으론 늘 주변을 도울 준비가 되어 있다. 다만 그렇게 적극적으로 행동하지 않을 뿐이다(못 하는 것이기도 하다). 만약 당신이 요청하지도 않았는데 소심인이 어떤 식의 도움을 준다면, 나를 꽤 많이 좋아한다고 볼 수 있다.

그러나 이 역시 몸에 밴 행동은 아니어서 어설프기 그지없다. 도움이 그다지 필요 없는 걸 냉큼 도와준다거나, 도우려다가 사람이 많아지면 다시 망설이기도 하고, 좀 이상하게 보일 수 있다. 보이는 것보다 마음이 더 크다고 보면 된다.

8) 개인적인 공간으로 나를 초대한다

소심인은 혼자서 생각이나 감정을 정리하는 시간을 사랑한다. 따라서 그런 시간을 보낼 수 있는 자기 공간은 그들에게 매우 중요하다. 어떤 의미 없이는 절대 그 공간으로 사람을 들이지 않는다. 만약 소심인이 자신만의 공간으로 날 초대한다면 나는 물론이고 우리 관계를 매우 소중하게 생각하고 있다는 의미이다. 그것은 꼭 집을 의미하지는 않는다. 혼자 자주 가는 카페나 퇴근길에 걷는 공원, 가만히 하늘을 보고 있는 벤치 등도 개인적인 공간에 해당한다. 조금 생소한 공간을 같이 가게 되었다면, 그곳이 그(녀)에게 중요한 공간인지를 물어보는 것도 하나의 팁.

9) 충고를 한다

소심인은 뭔가를 추천하거나 충고하지 않는다. 그저 마음에 담아둘 뿐이다. 만약 소심인이 당신에게 어떤 진심 어린 충고를 한다면, 그것을 참지 못하고 말해야 할 만큼 당신의 안녕이나 건강을 진심으로 걱정한다는 증거이다. 친한 사람에게도 충고를 하는 경우는 많지 않으니, 나를 그만큼 더 중요한 사람으로 생각하고 마음을 쓰고 있다는 의미. 만약 이성 관계라면 당신이 그(녀)의 마음을 사로잡았을 확률이 높다.

10) 비밀을 털어놓는다

누구나 내면에 숨겨둔 비밀이 있다. 소심인은 그 비밀을 지키는 것에 특히 신중하다. 만약 소심인이 자신의 비밀, 가령 과거에 자신에게 어떤 일이 있었는지 등을 알려준다면 그것은 당신을 —가장 가까운 사람임은 물론이고— 인간적으로도 굉장히 좋은 사람으로 생각하고 있다는 의미이다.

나 비밀이 있는데...

위 10가지 사례는 소심인에게 그다지 대단한 이야기가 아닐 것이다. 하지만 소심인에 대해 잘 모르는 사람들에겐 유용한 정보일 수 있다. 관계의 여러 장면에서 적극적으로 해명하지 않는 소심인을 위한, 간략한 자기소개서라고 봐도 좋을 것 같다. 만약 나의 동료, 친구, 상사, 관심 가는 누군가가 대범인이라면, 그가 최근 나의 태도에 대해 가진 오해를 풀고 싶다면, 이 페이지를 넌지시 건네보는 게 어떨까.

소심인이 행복을 다루는
방식에 관하여

어느 모임의 MT. 지대가 높은 곳에 위치한 펜션이다. 이른 저녁 식사를 마치고 홀로 건물을 나왔다. 마침 작은 테이블이 있어서 자리를 잡고 앉았다. 언덕 아래로 바다가 펼쳐져 있다. 고요하다. 초저녁 서해의 짙은 바다와 듬성듬성한 섬들의 고즈 넉한 산세가 만나 세상이 멈춘 듯 적막하다. 날이 어두워지며 눈앞의 풍경은 더 묵직해진다. 고요함이 깊어지니 마음은 더 평온해진다. 그렇게 한동안 눈앞의 풍경을 멍하니 바라본다.

"혼자 왜 그러고 있어요?"

누군가 펜션 문을 열었다. 문 너머의 밝고 시끌벅적한 소리 가 문틈을 찢고 나와 적막을 깬다. 그는 내부와 상반되는 이곳 의 분위기가 이상하다고 느꼈는지 내 눈치를 한두 번 보더니 말을 이었다.

"무슨 일 있어요?"

　그냥 풍경이 좋아서 보고 있었다고 답하자, 이해할 수 없다는 듯 '정말 아무 일이 없다면 왜 혼자 있냐'며 나에게 무슨 일이 있음을 확신했다. 여기서 좌절하지 말고 들어가서 즐겁게 놀자고, 그러다 보면 나아질 거라는 말을 더했다. 그 안의 시간이 나에게 꼭 필요하다고 생각한 건지 꽤나 챙겨주는 듯한 어투였다. 나는 이것저것 설명할 엄두가 나지 않아 그냥 그를 따랐다.

그냥 혼자 가만히 있는 게 좋아서인데...

다음 날, 이른 시각부터 눈이 뜨여 앞길을 거닐었다. 아직 쨍하지 않은 햇살을 받으며 고요한 산자락을 걷고 있으니 지난밤의 피로가 사라지는 듯했다. 모퉁이에서 누군가와 마주쳤다. 그쪽은 세 명이었는데 같은 모임의 구성원들이다. 인사를 했다. 그중 누군가가 지나며, 농담인지 뭔지 모를 것을 던졌다.

"왜 아침부터 청승맞게 혼자 다녀요!"

행복의 유형

행복하길 원하면서 정작 내가 어떤 경험에서 행복을 느끼는지는 깊이 고민해보지 않는 경향이 있다. 여러 사람에게 인정받는 활동적인 사람이 행복할 거라고 생각했다면 정말 그런지 다시 생각해볼 필요가 있다. 어쩌면 나는 조용히 보내는 혼자만의 시간 속에서 행복을 느끼는 사람일지도 모른다. 행복에도 유형이 있다.

행복의 유형은 '쾌락적 행복'과 '자아실현적 행복' 두 가지로 나눌 수 있다고 한다. 쾌락적 행복은 심신의 최대 만족과 즐거움으로 정의된다. 맛있는 음식을 먹고 멋진 장면을 보고 사랑하는 사람과 시간을 보내고 따스한 오후 햇살을 맞으며 단잠을 청하는 것, 모두 쾌락적 행복에 해당한다. '주관적 안녕감

Subjective well-being: SWB'으로 달리 말할 수도 있으며, 이는 삶에 대한 만족이나 긍정적인 정서 수준과 비례한다. 고객에게 포악질을 당하고 쉴 새 없이 몰아치는 업무를 끝낸 고단한 저녁, 맘 맞는 누군가와의 치맥 한 잔으로 기분이 다시 좋아진다면 쾌락적 행복이 회복되는 셈이다. 한겨울 거센 바람을 헤치고 들어와 뜨끈한 물에 몸을 담글 때의 행복도 그렇다. 보고 싶었던 영화를 예매하고 팝콘을 사며 기다리는 시간도 역시 쾌락적 행복이다. (용어 자체는 좀 직설적이지만) 일반적으로 거론되는 행복감의 대부분이 이에 해당한다.

자아실현적 행복은 삶의 의미와 자기실현이 확장되는 것을 의미한다. 자율성, 개인적 성장, 자기 수용, 삶의 목표 등 좀 더 인생 전반에 대한 시각이 담긴다. 목표를 위해 만족스럽지 못한 시간이나 자신을 견뎌내는 것, 관계나 사건 속에서 의미를 찾게 되거나 그것을 받아들이는 것, 그런 경험의 반복을 통해 삶의 가치가 점진적으로 증가되는 것 등이 해당되며, '심리적 안녕감Psychological well-being: PWB'으로도 정의할 수 있다. 피곤함도 잊을 만큼 무언가에 열중했다면, 이 행복을 경험한 셈이다. 다른 목표가 생겨 회사를 그만두거나 안락한 현실에서 탈피하는 것, 시험의 합격을 위해 긴 시간을 견디는 것, 시험을 치르고 돌아오는 길의 자신을 격려하는 것, 오늘도 실패한 스스로를 안아주는 것, 이 모든 것은 자아실현적 행복이다. 몸매 관리를 위해 삼시 세끼를 닭가슴살만 먹는 친구가 안타까워 보였다면, 그 친구의 행복을 쾌락적 행복으로 바라보았기 때문이다. 그는 자아실현적 행복을 겪고 있다.

행복을 느끼는 장면은 개인마다 다르다

우리의 삶은 이 두 가지 유형의 행복이 균형을 이루며 주요한 작용을 한다. 그런데 행복을 느끼는 장면은 개인마다 다르다. 심지어 동일한 상황을 경험하면서도 누군가는 쾌락적 행복으로, 다른 이는 자아실현적 행복으로 받아들일 수 있다. 펜션 내부의 경험은 나에게 쾌락적 행복보다는 자아실현적 행복에 가깝다. 그곳에서의 시간은 내가 삶에서 의미 있게 여기는 것들을 유지하기 위해 참여하는 시간들이기 때문이다. 내 쾌락적 행복은 건물 앞 작은 테이블에 앉아서, 이른 아침 오솔길을 걸으며 느끼는 고요함에서 완성된다. 그럼에도 나와 마주친 이들은 의아하게 물었다. 너 여기서 혼자 뭘 하느냐고.

행복 조건에 대한 연구에 따르면, 대범인과 소심인은 행복을 느끼는 경험이 상이하다. 일반적으로 사람은 '대인관계, 여가 활동, 자기계발, 친사회적 활동, 종교 활동' 등에서 행복을 느끼는데, 대범인의 경우 행복감의 꽤 많은 영역을 대인관계나 친사회적 활동으로부터 얻는다. 이들은 대인관계를 통해 유쾌함, 황홀함, 애정, 자부심 등을 높게 경험한다. 그런데 소심인은 즐거운 관계보다는 덜 즐겁더라도 안락한 관계에서 행복감을 느낀다. 이 때문에 마음이 맞는 소수의 사람들과 편안하게 대화하며 교감을 느끼는 상황을 선호한다. 나의 경우 이런 자리는 내가 입을 열지 않아도, 침묵이 얼마간 지속돼도 서로 불편해하지 않는 자리이다.

여가 활동에서도 행복의 조건은 달리 나타난다. 여가 활동 전반의 빈도와 그로 인한 만족도는 대범인이 더 높지만, 신체/심리적 평안을 주는 정적인 활동에서는 소심인이 더 큰 빈도와 만족도를 경험한다. 자기계발의 경우도 마찬가지. 대범인은 '과제에 대한 수행 활동' 빈도가 높게 나타난다. 특히 친사회적 상황에서 타인과 함께 수행한다거나 보상(경제적 보상, 과제로 인한 보상 등)이 주어질 때 더 높은 행복을 경험한다. 반면 소심인은 자신을 탐색하거나 성장시킬 수 있는, 스스로 그렇게 느낄 수 있는 경험을 더 선호한다. 보상이나 타인의 존재가 꼭 중요하진 않다. 두 성향은 정말이지, 행복의 조건이 다르다.

조용하고 사적인 행복

대범인이 경험하는 행복은 그것이 잘 드러나는 맥락이 많으며, 스스로 현재의 정서 상태를 어렵지 않게 표현한다. 그래서 일반적으로 즐겁고 행복한 시간은 대범인의 조건에 따르는 경우가 많다. 드라마나 영화에서도 파티에서 유색 투명한 잔을 들고 즐겁게 대화를 나누는 사람들을 행복한 모습으로 비춘다. 돋보이는 사람은 더 멋있다. 그곳에서 벗어나 있는 사람은 뭔가 무대 뒤편의 고립된 이처럼 표현된다. 이 때문에 소심인은 자신이 느끼는 행복감이 행복하지 않은 것처럼 언급되는 상황, 또는 그다지 매력적이지 않은 조건을 당연한 듯 권유받는 상황을 겪고는 한다.

소심인도 행복을 느끼고 다루는 방식이 있다. 대부분 조용하고 감정 표현을 아낀다. 외부의 불필요한 자극을 줄여서 자신에게 집중할 수 있는 순간들을 즐긴다. 당연히 한적한 곳에서 안락하고 행복한 느낌을 얻는다. 설령 즐겁고 행복한 기분을 느끼고 있다고 해도 굳이 그것을 타인과 공유할 필요성은 못 느낀다. 내가 느끼는 기분일 뿐이다. 불쾌한 기분을 해결하고자 할 때도 대범인과는 달리 주변으로 쉽게 알리지 않는다. 그것을 나누는 상황 자체가 스스로를 각성시키거나 예민하게 만들어 정작 해결해야 할 것들은 진도를 못 빼기 때문이다. 자연스레 정서적으로 안정되는 혼자만의 시간을 선호할 수밖에 없다.

　이렇게 나열하면 인간미가 좀 없어 보이는데, 이는 함께하는 상대가 누구냐에 따라서 달라질 뿐이다. 사공이 많은 대화에서 입을 꾹 다물고 있는 사람이 보인다면, 소심인이다. 어느 모임 초반 홀로 사색하고 있는 사람이 보인다면, 그 역시 소심인이다. 그는 멈춰 있거나 실의에 빠져 있는 것이 아니다. 자신을 공유하기에 편안한 상대가 주변에 없을 뿐이다. 오히려 내면은 꽤 바쁠지도 모른다. 멍하니 앉아서 은하수를 헤엄치기도, 머릿속 피아노를 연주하기도 한다. 흐뭇하게 웃으며 좋았던 기억을 정리한다. 원래 그렇다. 그랬다. 소심인은.

"네 놀이터엔 뭐가 있어?"

주변의 누군가 내 글을 봤다고 하면, 난 그것이 어땠는지 되물어보지 않는다. 대신 상대방이 되어 내 글을 다시 읽어본다. 평소 그 사람으로부터 느꼈던 인상, 성격, 판단에 따라 조용히 읽어 내려간다. 그것은 글에 대한 상대방의 실제 반응과는 별개다. '내가 되어본 상대방'은 나만의 은밀한 공간으로 들어와 나름의 반응을 하며 글 이곳저곳을 거닐고 어루만진다. 그 모습이 그렇게 재밌을 수가 없다.

대범인은 외부의 여러 맥락에 따라 자신의 만족이나 가치판단을 결정하는 편인 데 비해 소심인은 내면에 형성된 여러 장면들, 가령 푹신한 침대나 놀이동산 등을 더 애용한다. 멋진 장면을 보게 되었을 때 대범인들은 "와, 죽이네! 정말 멋지지 않아?"라며 주변과 공유하는 반면, 소심인은 조용히 마음속 침대에 누워 그것을 감상한다. 신나는 음악과 싸이키 조명이 출렁이는 술집. 대범인은 리듬에 맞춰 몸을 흔들거나 멜로디를 따라 부르며 그곳과 하나가 된다. 소심인은 자신의 놀이동산에서 청룡열차를 타며 남몰래 고개를 까딱인다.

반대로 누군가가 나에게 자신을 드러낼 때도, 혹 그의 새로운 조각을 발견하게 될 때도 함부로 많은 단어를 꺼내놓지 않는다. 상대 역시 소심인이라면, 누군가에게 일부를 드러낸 것만으로도 충분한 경험일 테니까. 그 담백한 장면에서 굳이 내 생각은 이렇고 저렇고 평을 더하는 건 상대의 충분한 경험을 뺏을 뿐이다. 천천히 이야기를 들으며 상황의 무게가 그에게 있도록 유지한다. 그러다 보면 상대방도 알게 된다. '너도' 소심인이라는 것을. 그러곤 물어온다. 네 놀이터엔 뭐가 있어?

그제야 나는 대답한다. "난 네가 되어 글을 읽어보곤 해."

2부

소심한 사람들

개인 간 장벽을 허물며
자유롭고 개방적인 환경을 추구하는 문화 속에서
오히려 그 장벽을 높이며
고집스레 느린 걸음을 떼는 회사가 있다.
낮과 밤이 다른 기묘한 곳.
나는 소심한 회사에 다닌다.

소심한 회사에 다닌다

심리학자가 바글거리는 회사에 다닌다. 보통 조직에 많아야 한두 명인 그들이 이곳에선 절반가량을 차지하고 있다. 더 특이한 점은 나머지 반이 개발자라는 점이다. 회사의 신조가 '심리학과 IT의 결합'이기 때문이다. 복도의 벽면이 책장으로 되어 있는데,《이상심리학》,《아동발달의 이해》,《에자일 회고》,《스트레스 휴지통》처럼 눈에 익숙한 심리학 서적과 더불어,《ASP.NET》,《실용주의 프로그래머》,《UI/UX의 이해》같은 열어보고 싶지 않은 책들이 함께 모여 있다. 전혀 다른 분야의 두 집단이 책상 하나를 사이에 두고 일한다. 그 책상이 내 자리다.

본의 아니게 두 집단의 경계에 위치한 탓에 양쪽의 성향을 자주 접한다. 역시나 심리학자들은 소심하다. 그들의 어떤 면은 놀라울 정도로 공통된다. 그런데 재밌는 점은 개발자들도 하나같이 소심하다는 것이다. 거의 모든 직원이 소심하다는 얘기다. 첫 출근의 기억이 선명하다.

"자, 여기는 오늘부터 같이 일하게 된…."

"안녕하세요! 앞으로 잘 부탁드립니다."

팀장이 날 소개하기 위해 사무실의 적막을 깼다. 덜컥거리는 심장을 숨기려 대범인의 복식 인사를 뱉었다. 그런데 오히려 이상한 건 그들의 반응. 자세히 보고 들어야 알 수 있는 박수 아닌 박수, 인사 아닌 인사가 돌아왔다. 집중하던 업무 탓이라고 생각했다.

"좋은 아침입니다!"

그 후로 며칠 동안 평소 목소리의 두 배 크기로 아침 인사를 했다. 하지만 반응은 첫날과 같았다. 소리에 놀라 고개를 돌리는 이는 있으나 같은 크기로 인사하는 사람은 없었다. 숲의 식물들처럼 미세하게 반응했다. '안녕하세요'라는 복화술과 함께.

처음엔 의아했지만 시간이 지나며 깨달았다. 이곳은 적막에 익숙하다. 전화벨 소리와 응대, 업무 질의, 키보드 타이핑 소리, 정문에서 날아오는 택배 아저씨의 고함 소리쯤? 평소 떠다니는 소리를 모아보면 대충 이렇다. 굳이 밝고 웅장한 톤으로 '여러분, 좋은 아침!'을 외친다거나 불특정 다수의 안부를 묻는 사람은 없다. 출근할 때는 자리 주변의 두세 명과 조용히 인사를 나눌 뿐이다. 복도에서 마주치는 직원과는 가벼운 목례를 한다. 워낙 조용한 탓인지, 목례만으로도 "○○○씨. 좋은 아침! 요즘 별일 없죠~?"라고 말하는 것 같은 착각이 들 정도.

드라마 속 사무실은 이와는 상반된 모습을 담고 있다. 책상숲을 가로지르며 "에블바리 해버 굿데이~"라고 외친다든가 곤두선 얼굴로 "야! 내가 회의록 출력해놓으라고 했지!"라고 소리치는 모습. '대범한' 조직의 모습. 아마도 대부분의 조직은 이 같은 대범함을 지향할 것이다. 열정, 협동, 도전, 혁신 등이 기업에서 좋아하는 덕목이자, 바라는 개개인의 모습이기 때문이다. 이런 조직의 팀장은 어떤 상황이든 능숙하고 현란하게 처리한다. 팀원을 언제 어디에서건 격려하거나 호통칠 수 있다. 팀원들 역시 팀장이나 팀의 사기를 높일 수 있는 다양한 요령과 제스처를 갖고 있다. 굳이 집중하지 않아도 팀장이 어디에 있는지 알 수 있다. 그곳에서 소리가 들리니까.

소심인의 고집

소심한 회사에 스며들어 오랜 시간이 흘렀다. 소심인의 고집 같은 게 생겼다. 꼭 활발하고 시끌벅적해야 '열정, 협동, 도

전, 혁신'적인 것일까. 고양된 분위기가 도전정신을 견인할 수 있을지는 모르지만, 조용하다고 해서 도전적이지 않은 것은 아니다. 소심한 조직 속에도 저마다의 도전과 실패, 성공과 혁신이 분주히 일어난다.

소심한 사람의 능력은 대범인에 비해 천천히 발현된다. 대범인이 빠른 판단으로 이것저것 도모하고 표현하는 동안 소심인은 좀 더 숙고한다. 내면에서 '비위만 잘 맞추는 얌체 생각'과 '실제로 영양가 있는 아이디어'를 구분하기 때문. 충분한 고민이 끝나고 그 확신이 망설임보다 강할 때 혀를 움직여 말을 뱉기 시작한다. 당연히, 그들이 모인 조직도 좀 더 오래 생각한다. 느리게 진화한다.

소심한 회사에서 굳이 분위기에 맞춰 광대를 들어 올리는 사람은 없다. 자신의 컨디션이 허락할 때 웃으면 된다. 소모적인 태도를 절약해 좀 더 도전적인 업무를 한다. 표현 및 관계에 능숙한 인기인과, 그런 요령은 없지만 묵직한 끈기를 가진 사람이 구분된다. 시간이 지날수록 서로에 대한 이해가 견고해진다. 자연이 그래왔듯 자연히 진화한다.

오늘 아침, 옆자리의 직원과 인사를 했다. 그는 따스하게 웃어주었다. 그 웃음을 받았다. 우연히 눈이 마주친 누군가에게도 인사를 건넸다. 그는 웃지 않았다. 괜찮다. 어제 웃었으니까.
오늘 내가 받은 웃음을 전했으니까.

　소심한 회사는 오늘도, 고요하다.

그들의 회의엔
나름의 속도가 있다

이곳의 회의실엔 발표석이 없다. 긴 테이블 끝에 대형 모니터가 있긴 하지만 누군가를 발제자로 규정하는 자리나 장치는 없다. 회의를 진행하는 사람도 듣는 사람도, 원하는 자리에 앉는다. 누구든 필요한 시점에 말을 뺄 수 있다.

팀장을 포함한 일곱 명이 회의실로 들어섰다. 소심한 사람들의 회의인 만큼 조용할 거라고 예상은 했지만, 그 예상보다 더 고요했다. 무거운 공기 탓에 심장이 출렁거렸다. 침묵에 약한 목젖은 괜스레 헛기침을 뱉거나 침을 삼켰다. 누군가 빨리 회의를 시작해주길 바라며 모니터 앞에 앉아 있는 사람을 바라봤다. 보고자나 진행자는 그곳에 위치하는 게 일반적이니.

그런데 진행자의 목소리는 모니터에서 꽤 떨어진 내 옆자리에서 들렸다. 그 차분한 음성은 밀도 높은 침묵을 뾰족하게 뚫고 나와서 회의 주제와 개략적인 진행 상황을 잔잔하게 읊었다. 진행자의 얘기가 끝나자 회의실은 다시 고요해졌다. 뭔가 잘못된 걸까. 나는 상황을 이해하고 있다는 듯 미간에 힘을 모은다든가 고개를 끄덕이며 침묵을 메우려고 했다. 그런데 다른 사람들의 표정은 오히려 편안해 보였다. 잠시 후 누군가 의견을 더했다. 그녀의 목소리는 작았고 얇게 떨렸지만, 자신의 의견을 중간에 거두진 않았다. 회의 참석자들은 얘기가 끝날 때까지 기다려주었다. 이내 다른 이도 입을 열었다. 그렇게 점차 침묵의 공기는 줄어들었다. 의견 혹은 이견을 공유하며 주제를 구체화했다. 이곳에서 겪은 첫 회의의 기억이다. 나 역시 점차 분위기에 익숙해지면서 여러 의견을 낼 수 있게 됐다.

소심한 회의엔 나름의 속도가 있다

소심인은 누군가에게 자신을 드러내거나 어떤 생각을 표현하는 것에 대해 기본적인 망설임을 갖고 있다. 이는 타인을 의식해서라기보다는 스스로 납득하지 못해서인 경우가 더 많다. 상황에 따라 툭 뱉어놓고 나서 생각할 수 있는 대범인의 성향과는 다르기 때문이다. 소심한 시선으로 봤을 때 지나친 자신감은 오히려 무책임하게 느껴질 때가 더 많다. 충분히 숙고한 후 자신도 어느 정도 납득이 가능한 시점에 앙다물고 있던 입을 여는 게 보통이다. 시간이 필요하다.

이곳의 회의는 나름의 속도가 정해진 셈이다. 서로의 기질을 알고 있어서 누구나 의견을 낼 수 있도록 기다려준다. 각자가 원하는 게 스포트라이트가 아니므로 굳이 발표석이 필요 없다. 그런 건 오히려 발언의 기회를 제한할 뿐이다. 타인의 의견에 반응하는 모습도 꽤 비슷하다. 가령 이견을 제시할 때 사용하는 표현이 어느 정도 정해져 있다. '지금의 상황으로만 봤을 때', '물론 그 부분도 중요하지만', '저는 이런 생각도 좀 드는데', 대략 이런 식이다. 상대에게 강하게 반응하는 경우는 많지 않다. 반면에 내 의견의 범위는 명확하게 규정한다. 이따금 결정이 지연되긴 해도, 대부분의 회의는 순조롭게 흘러간다.

소심한 회의에 대범인이 낄 때

놀랍게도 소심한 회의의 속도는 단 한 명의 대범인만으로도 완전히 달라진다. 얼마 전 신규 프로젝트 진행 회의에 다른 부서의 직원들이 참여했다. 부서의 성격상 대범인이 여럿 있었다.

왜 서서 말하는 거지...

"자! 제가 단언컨대 이 사업은 진행해선 안 됩니다."

회의 주최자의 사업 소개가 끝나기 무섭게 대범인A가 입을 열었다. 진행하기엔 너무 위험한 사업인데, 기존의 다른 많은 업체가 모두 실패했기 때문이라고 했다. 왜 그렇게만 생각하시죠? 이거 가능성 있습니다, 대범인B가 즉시 이견을 더했다. 아니, 제 얘길 좀 들어보세요! 둘은 사업의 성공 여부를 놓고 소란스러운 공방을 벌였다. 소심인들은 한동안 그들의 설전을 지켜봤다.

"그… 위험한 것도 사실인 것 같아요. 하지만 우리는 기존 업체들과 이런 부분에서 다르기 때문에, 음, 그 다른 점을 활용했을 때의 장점을 충분히 따져보는 게 좋을 것 같아요."

회의가 지속되자 소심인A가 말을 꺼냈다. 말 끝나기 무섭게 대범인 A가 꼬리를 물었다.

"생각해보세요. 이건 딱 봐도 보이는 거 아닌가요? 이미 물 건너간 거라고요!"

"저도 사실 성공률에 대해서는 대범인A님과 유사한 관점인데요. 만약 그렇다면, 혹시 실패했을 경우에 우리가 얻는 부분은 전혀 없을까요? 이 분야가 조금 생소하니까, 그에 대한 상세한 레퍼런스라든가, 정돈된 제안서 등… 이후의 유사 분야에 도움이 될…."

소심인B가 말을 이었다. 그 말이 끝나기도 전에 대범인 A가 숨을 길게 뱉었다. 그러곤 눈꺼풀에 힘을 주며 말한다.

"이 회의가 실패로 얻는 것들을 따져보는 회의였던가요?"

대범인과 소심인의 속도 차이

만약 회의가 좀 더 일찍 끝났다면 소심인들의 의견은 나오지 않았을지도 모른다. 설령 회의가 지속되었더라도 몇몇 소심인은 입을 열지 않았을 것이다. 꼭 모든 사람이 의견을 내야 하는 건 아니지만, 그것이 대범인의 속도에 맞춰야 한다는 의미는 아니다. 이 둘은 현상을 이해하는 방식이 다르기 때문이다.

대범인은 주어진 상황이나 임무를 빠르게 수행하는 것을 즐기고 명예나 물질 등의 보상을 체감하길 원한다. 반면 소심인은 보상 자체는 당장 중요하지 않다. 관련된 상황이나 업무가 '문제없이' 진행되는 것에 중점을 둔다. 잘 진행되고 있는지 확인하기 위해 여러 차례 점검하고 돌아본다. 당연히 회의를 할 때 주의를 기울이는 방식도 다르다. 대범인은 현재 발생하는 일들에 초점을 두는 경향이 있는 반면, 소심인은 이것저것 분석하고 가정하며 미래의 계획을 세우는 경향이 강하다. 이래저래 느릴 수밖에 없다. 하지만 더 정확하다.

여전히 사회는 좀 더 대범한 인재를 따른다. 회의석에서조차 화려한 언변이나 '자신 있습니다!'라고 내지를 수 있는 패기가 중대한 결정의 요인으로 작용한다. 그런데 회의의 핵심은 여러 의견을 통해 함의를 찾는 것이 아니던가. 언변 좋고 목소리 큰 의견에 의해 더 중요한 아이디어가 묻히는 회의라면 좋은 결과를 기대하기 어렵다. 성공적인 결과를 위해서는 속도의 균형이 필요하다.

대범인은 빠르다. 이따금 그 빠른 황새를 쫓다가 가랑이에 금이 가곤 한다. 채 입을 열기도 전에 떠나버리는 장면들이 어찌나 많은지. 그렇게 소심한 당신은 중요한 정답을 끝내 꺼내지 못할지도 모른다. 하지만 걱정하지 말자. 매번 가랑이를 찢을 필요는 없다. 소심하다는 것만으로도 이미 꽤나 중요한 역할을 하고 있으니까. 만약 내가 타고 있는 열차가 지금까지 잘 달려왔다면 단지 빠르기 때문만은 아닐 것이다. 그 열차는 한 땀, 한 땀, 수놓인 레일 위를 달려왔으니까.

낮과 밤이 다른 회사

소심한 회사는 낮과 밤이 다르다. 낮에는 묵언수행을 하는 사찰처럼 고요하고 밤에는 그중 몇몇이 슬그머니 입을 연다. 조금 더 살갑게. 그렇게 낮과는 다른 낯으로, 서로를 드러낼 수 있는 회식 자리가 열린다.

"소 닭 보듯 해도 좋은 사람들이에요."

처음 이곳에 왔을 때 회사 대표가 했던 말이다. 서로 무심한 것 같아도 다가가 보면 좋은 사람들이니 천천히 알아가면 된다고 했다. 사무실은 마치 그 말을 증명이라도 하듯 사적인 대화 따위는 들려주지 않았다. 들리는 소리의 대부분은 업무에 관한 의논 정도. 누군가의 표정이 필요 이상으로 확장되는 일은 없었다. 회의를 몇 분 앞두고 여럿이 주고받는 대화도 오늘의 날씨, 회의에 대한 주제, 누가 아직 안 왔는지, 의자가 더 필요한지, 헤어스타일이 크게 바뀐 사람이 있으면 "어, 머리가 바뀌셨네요", "아, 네, 조금" 정도가 전부였다. 나는 정말 사적인 교류가 없는 사람들인 줄 알았다.

소심한 낮

삼삼오오 사무실을 나가 대화를 하는 무리가 보였다. 우연히 그들이 얘기하는 모습을 봤는데 평소 느낌과는 사뭇 달랐다. 침묵에 익숙해 보이던 그들은 친한 직원과의 대화에서는 좀 더 풍요로운 표정을 드러냈다. 생각해보면 그들 모두 업무 공간에서의 제한적인 느낌과는 다른, 많은 이야기를 품고 있는 사람들이었다. 다만 그걸 나눌 대상이 적을 뿐.

그렇게 공적인 침묵 속, 은밀한 교류가 오가는 것이 이곳의 낮 풍경이다. 가깝지 않은 누군가의 이야기를 직접 들을 일은 없다. 나 역시 그게 편했다.

나중에 알게 됐지만 업무 외적인 대화의 대부분은 메신저로 이루어지고 있었다. 자신과 가까운 직원에겐 최근 안부를 묻거나, 저번에 준비하던 일은 잘됐는지 등을 묻는다. 오늘 옷이 잘 어울린다거나, 최근 애인과의 사이는 어떤지 등 좀 더 과감한 메시지를 주고받기도 한다. 나 역시 서서히 안면을 익히며 인사하는 직원이 늘어갔고, 어느 날 좀 더 사적인 대화를 할 수 있는 직원이 한 명 생겼다. 그런데 그와 친해지게 된 계기는 침묵의 문지기가 삼엄한 경비를 펼치는 낮의 건조함이 아닌, 땅거미가 시야를 가려 조명 빛에 서로를 비추는 밤의 축축함에 있었다.

대범한 밤

작은 회식이 열렸다. 그곳엔 대범해 보이는 직원 2명과 나를 포함한 소심인 4명이 있었다. 특히 그중 한 명은 일주일 동안 입을 여는 것을 본 적이 없는 침묵의 소심인이었다.

"자, 배들 고프실 테니 일단 좀 드실까요?"

대범인의 구령에 따라 소심인들의 식사가 시작됐다. 개인 접시를 앞에 놓아줄 때의 짧은 음성이라든가, 어떤 음식을 더 주문할지, 술은 마시는지, 회식 자리가 처음인지 등의 필요성 대화가 어렵사리 말끝을 이었다. 허기가 가시자 그마저도 사라지며 어색한 침묵이 흘렀다. 나는 그 침묵을 즐기면서도 한편으로는 누군가 깨주길 기다렸다.

"그런데 대리님, 저번에 만취해서 울 회사의 주사왕을 갈아치웠다는 소문이 있던데요?"

"아, 거참, 누구한테 들었어요? 오늘 처음 오신 분도 있는데 아흐~"

대부분의 관계가 그렇듯, 회식 자리 역시 대범인들의 자기개방과 리드에 따라 자연스레 분위기가 형성되었다. 그들은 뜬금없는 농담을 하거나 화제가 될 만한 질문들을 거리낌없이 던졌다. 내가 어디에 사는지 묻고는 그 근처에 죽이는 막창 집이 있다며 같이 가자고 했다. 오늘 처음 봤는데 그렇다면 언제쯤 같이 가는 것이 적당할지 고민하는 찰나, 최근에 본 영화는 무엇인지, 회사 생활은 어떤지 등을 이어서 물었다. 나는 조금은 수동적인 태도로 그들의 질문에 답했다. 좀 더 설명이 필요한 답변에는 좀 더 긴 시간과 많은 표현을 더했다. 다른 소심인들도 마찬가지였다. 내가 처음 온 자리여서인지 그들도 딱히 뭔가 말하기보다는 '아', '음' 같은 나름의 추임새를 섞어주며 내 얘기를 듣고 있었다. 대범인 두 명이 담배를 피우러 나가자 다시 침묵이 찾아왔다. 우리는 잠시나마 그 침묵을 즐겼다. 그들이 돌아왔고, 분위기는 점차 무르익었다. 침묵의 길이는 빠르게 짧아졌다.

술 때문인지 혹은 여러 말이 오가는 분위기 때문인지, 어느새 나는 좀 더 적극적인 자세로 대화에 참여하고 있었다. 이완된 내 모습을 본 다른 이들도 사무실에서의 건조한 모습과는 다른 밝고 활기찬 면면을 드러냈다. 그들의 모습이 신선했다. 마치 낮에는 햇살을 머금으며 충전을 하고, 밤에는 그 빛으로 스스로를 밝히는 태양광 조명 같았다. 일주일 동안 말 한마디 없던 한 사람 역시 상반된 표정과 말투로 그 분위기를 즐기고 있었다. 나는 그를 '침묵 조명'이라고 이름지었다.

나는 그 자리를 통해 침묵 조명이 나와 같은 전공이며, 재직 10년 차라는 것, 하루키의 소설을 좋아한다는 것, 매년 홀로 유럽 여행을 다녀오는 것, 아이폰 모델을 빠짐없이 사용하고 있는 것 등을 알게 되었다. 지난 십여 일 동안 몰랐던 사실을 단 몇 시간 만에 알게 된 셈이다. 그리고 왠지 나와 잘 맞을 것 같은 기대감도 생겼다.

침묵해도 괜찮아.

나에 대한 질문에도 편하게 답했다. 좋아하는 책과 영화 이야기를 했고, 입사하게 된 계기를 꺼냈다. 대화가 춤을 추면서 회사 생활에 대한 느낌도 털어놨다. 이런저런 고충도 말해버린 것 같다. 모두 공감해줬다. 농담도 뱉었다. 침묵 조명에게 조금 짓궂은 말도 해보았다. 그가 웃어줬다. 대범인이 된 것 같은 착각이 들었다. 나는 목소리를 크게 내기도, 와하하 소리 내 웃기도 하며 분위기에 편승했다. 들뜬 입이 쉬질 않았다.

대범했던 밤이 지난, 소심한 낮

다음 날 출근을 하면서 여러 생각이 들었다. 어제의 나는 평소의 나와 달랐기 때문. 그 모습을 본 이들이 나를 대범인처럼 대하면 어떻게 반응할지 고민됐다. 특히 전야와는 다른 내 모습에 '오늘의 소심인'들이 차갑게 느끼거나 마음을 다치지는 않을지, 그렇다면 나는 그때의 분위기를 유지하며 일관된 모습을 보여야 할지, 나의 낮은 이제 밤이 되어버린 건지, 여러 생각이 꼬리를 물었다.

"아, 안녕하세요."

출근길에 어젯밤의 직원과 마주쳤다. 침묵 조명이었다. 인사만 간단히 한 것이 충분치 않아 뭔가 다른 말과 제스처를 준비하려는 찰나, 그는 가벼운 목례와 함께 "아 네, 안녕하세요"라고 속삭이고는 자리로 돌아갔다. 그 뒤로 마주친 다른 이들도 마찬가지였다. 사무실의 풍경은 놀라울 정도로 평소와 같았다. 마치 나 혼자 어떤 꿈을 꾸었던 것처럼 전날 밤의 흥겨움은 그때의 장면으로만 남아 있었다. 대범인 중 한 명이 내 자리를 지나며 "연구원님, 어제 잘 들어가셨어요? 보기보다 오~! 다음에 또 뵙는 거죠?"라며 큰 소리를 냈다. 나는 붉어진 얼굴을 달래며 "아, 네. 또"라고 답했다. 그는 내 반응에 놀라지 않는 눈치였다. 마치 이런 상반된 상황에 익숙한 것처럼 보였다. 오전 일과가 끝날 때쯤 메신저 창이 깜빡였다. 침묵 조명의 메시지다.

"어제는 잘 들어가셨는지요? 즐거웠습니다. 점심 맛있게 드세요!"

돌아보면 그날 아침이 참 좋았다. 나는 모든 상황에서 편안하기 위해 내가 편해진 상황에서도 더 드러내지 않고 고요함을 유지하곤 했다. 그래야 내 일관성이 유지된다고 여겼다. 그날 밤 나는 평소 뒷목과 어깨에 뭉쳐두었던 근육을 풀어내고 대범한 시간을 보내버렸다. 술에 기대어 혹은 분위기에 취해 엉성하되 즐거운 모습을 마구 분출한 것이다. 그럼에도 다음 날까지, 혹은 앞으로도 그것을 '본모습'으로 이어가야 한다고 강요한 사람은 없었다. 생각해보니 그럴 필요가 없다. 그것은 단지 내가 갖고 있던 무언의 압박 같은 것이었다. 사회적인 상황에서는 대범해 보여야 한다는, 특히 누군가에게 그런 모습을 보인 후에는 "그때의 모습은 어디 갔냐?"는 질문에 대비해야 한다는, 나만의 걱정이 여전히 남아 있었던 것이다.

소심하기 때문에 늘 소심해야 하는 건 아니다. 내가 뭔가를 드러낼 만큼의 분위기가 있다면 그것에 기대어 잠시나마 다른 옷을 입어보는 것도 괜찮다. 힘이 빠지는 만큼 빼보는 경험이 즐겁다. 그리고 다시, 내 고향으로 돌아와도 된다. 대범함과 소심함은 동전의 양면이 아닌, 오른손잡이의 왼손 같은 거니까.

밤이 깊어지면, 슬그머니 왼손으로 밥을 먹고, 글씨를 쓴다. 조명을 켠다.

몸속에만 서식하는 오지랖

카페에 앉아 글을 쓰고 있었다. 잘 안 풀릴 때는 옆 테이블의 두 여인이 하는 대화를 엿들으며 휴식을 취했다. 한 명이 최근에 여행을 다녀왔다며 그곳에서 겪은 일들을 사진 수천 장과 함께 설명하고 있었다. 마치 큐레이터처럼 박식하고 면밀한 진행에 나까지 빨려 들어갔다. 둘째 날 저녁으로 먹었던 와규 스테이크가 그렇게 맛있었다고 한다. 군침이 고인다. 술을 너무 많이 마셔서 지갑을 잃어버렸다고? 세상에나. 아, 그래도 여권은 숙소에 두고 나와서 다행이네. 큰일 날 뻔했다. 나는 어느새 그들의 일원이 되어 발리의 우붓 마을을 함께 거닐었다. 지갑을 잃어버렸을 땐 혼비백산이 되어 거닐었던 길을 함께 살폈다. 시간이 흘러 여행은 끝이 났고, 그들은 집에 가기 위해 자리에서 일어났다.

그런데 큐레이터가 외투를 의자에 걸어둔 채 나가고 있는 게 아닌가. 아니, 저기요. 그 외투는 바닷가 옆 노점상에서 필살의 보디랭귀지로 흥정한 끝에 싸게 샀다며 좋아했잖아요. 생뚱맞은 위치에 박힌 크리스털이 오히려 국내에선 찾기 힘든 느낌이라 더 독특하고 맘에 든다고 했잖아요. 보라색 옷은 한 번도 입어본 적이 없는데 그게 다 이 옷을 만나기 위해서였다면서요. 지금 그 보라돌이가 당신을 떠나가고 있다고요!

나는 엉덩이를 잘게 들썩이며 그녀가 외투를 가지러 돌아올 수 있게 텔레파시를 보냈다. 마음이 쓰였지만 그것을 들고 나가 갖다 줄 만큼의 의지는 생기지 않았다. 다행히도 그녀는 총총걸음으로 돌아와 외투를 챙겨 들고 나갔다. 나는 그제야 숨을 돌리고 다시 글을 쓰기 시작했다.

엄혹한 인상의 그 남자

입사하고 얼마 지나지 않아 내가 맡은 업무의 사수를 소개받았다. 배우 조승우 씨의 얼굴에서 밝은 표정과 혈색, 음영 등을 제거한 듯한 인상이었다. 그가 나를 보며 "잘 부탁해요"라고 말했다. 뭔가 질문을 한다거나 별다른 얘기는 없었다. 왠지 혈관으로 피가 흐르고 있지 않을 것 같은 말투. 앞으로 그와 어떻게 일을 해나가야 할지 걱정이 됐다. 나는 사수에 대한 다른 인상과 단서를 모으기 위해 한동안 부지런히 그를 살폈지만, 첫인상을 넘어설 수 있을 만한 계기는 없었다. 그는 필요한 얘기를 했고, 나는 그것을 잘 메모하며 들었을 뿐이다.

어느 날 싱크대에서 컵을 씻으려는데 지나가던 사수가 외마디로 속삭였다.

"이거…"

"네?"

"지금 틀면 뜨거워요."

그는 수도의 레버로 손을 옮겼다. 레버가 가장 뜨거운 쪽으로 향해 있었는데 중간 정도로 돌리더니 한동안 물을 틀어놓고는 말했다.

"이제 괜찮아요."

"아, 네. 감사합니다."

그의 갑작스러운 행동이 다소 의아했지만, 별다른 얘기가 없어서 컵을 씻고 자리로 돌아왔다. 그런데 메신저에 장문의 메시지가 도착해 있었다. 내가 뭔가 잘못한 건 아닐까 마음을 졸이며 글을 읽어나갔다. 요약하면 이렇다.

'주방 싱크대는 수온이 매우 높게 설정되어 있어서 가장 뜨거운 상태에서는 화상을 입을 수 있다. (자신은) 보통 뜨거운 물을 사용하고 나면 다시 찬물을 틀어놓다가 잠그는데 그렇게 하지 않는 사람들이 있다. 이 경우 다음 사람이 레버를 중간 수준으로 위치하고 물을 틀어도 굉장히 뜨거운 물이 나온다. 그러니 앞으로 레버가 뜨거운 쪽에 있으면 물을 좀 틀어놓았다가 사용하는 게 좋겠다.'

슬쩍 고개를 돌려 그를 보았다. 이렇게나 구구절절한 메시지를 보냈다. 저렇게나 엄혹한 얼굴을 하고서는.

오지랖이 몸 밖으로 나오지 않는다고, 없는 게 아니다

소심인은 그것을 드러내지 않을 뿐, 사실 상당한 오지라퍼이다.

• 오지라퍼: 오지랖이 넓은 사람. 남의 일에 지나치게 상관하는 사람

주변의 자극이나 맥락에 대한 민감 수준이 매우 높기 때문에 아주 작은 마찰음이나 누군가의 숨소리만으로도 신경을 쓰게 된다. 표현에 신중하고, 괜한 말로 상대의 기분을 상하게 하진 않을까를 고려해서 그것을 감추고 있을 뿐이다. 소심인이

입을 열고 무언가를 얘기할 때는 (적어도 말하지 않으면 꽤 위협적인 상황이 생길 것으로 느껴질 만큼) 필요하다고 판단했다는 의미이기도 하다. 소심인이 많은 공간에서는 이런 각자의 기질을 서로 잘 이해하고 있다. 타인에게 침묵하지만 오히려 신경을 쓰고 있다는 것. 보이지 않는 오지랖이 끊임없이 오가고 있다는 것.

나의 사수도 침묵의 오지라퍼이다. 절제된 표현이 부사수인 나에게 엄하게 다가왔던 것이다. 그는 입사한 지 얼마 되지 않은 내가 싱크대 앞에 서 있는 모습에 주의를 기울였다. 싱크대는 그에게 일정 수준의 위험을 담고 있는 공간이기 때문. 공교롭게도 수도의 레버는 뜨거운 방향이었고 결국 무거운 입을 열었다. 사실 그에겐 꽤나 급박한 상황이었던 셈이다. 그런데 그뿐이다. 더 이상의 대화는 없었다. 싱크대 앞에서 사람을 붙잡고 이건 이렇고 저건 저렇다고 부지런히 말하진 않았다. 자리로 돌아와 상세한 내용의 편지를 나에게 보냈을 뿐이다.

사수가 처음으로 기획안을 요청했던 날. 나는 기한 내에 완결성 있게 만들어 전달하기 위해 주변 자료를 샅샅이 찾아보고 정리하고, 정리하고, 또 정리했다. 그가 바빠서 검토할 시간이 없을까 봐 기한일보다 하루 먼저 갖고 갔다.

"네. 살펴볼게요. 메신저로 원본 파일 좀 보내주실래요?"

그가 내 문서를 훑어보더니 말했다. '잘했다' 혹은 '왜 이따 위로 했냐' 같은 반응은 물론, 문서에 대한 별다른 피드백조차 없었다. 문서의 장단점이 궁금했지만 묻지 못했다. 자리로 돌아와 다른 업무를 하면서도 내심 그의 메시지를 기다렸다. 한참 시간이 지났을까, 자신의 자리로 오라는 메시지가 왔다. 그는 내가 작성한 문서 파일을 모니터에 띄워둔 상태였다. 페이지 곳곳에 주황색 박스가 붙어 있었다. 각 박스에는 메모가 들어 있었는데 그 내용에 '좋다, 나쁘다'는 없었다. '좀 더 구체적인 사례 필요', 'A안 기준으로 잘 정리하면 기존 전략보다 나을 듯', '이 부분은 제거해도 무리 없음', '앞에 내용과 위계를 맞춰서 요약' 등 보완에 필요한 조언이 촘촘하게 박혀 있었다. 그는 메모 하나하나를 천천히 설명해줬다. 엄혹한 얼굴을 하고서는.

시간이 지나 누군가의 사수가 되어보니 후배 직원의 문서를 보며 잘했다거나 부족하니 다시 해 오라는 등 한두 마디 뱉으며 상사의 위용을 뽐내는 건 쉽다. 오히려 무엇이 잘되어 있고 무엇이 그렇지 않은지를 상대의 눈높이에 맞게 알려준다는 게 참 어려운 일이다. 그것을 위해서는 꽤 긴 시간과 집중력이 필요하다. 당시 그 사수의 방식은 지금의 나에게 참된 배려이자 가르침으로 남아 있다. 자신을 표현하거나 기분을 내기 위해 뱉는 참견이 아닌, 상대를 위한 진정한 오지랖.

자리로 돌아오자 그가 보낸 수정본 파일이 도착해 있었다. "흥미롭게 잘 봤습니다. 좀 더 보완해주세요"라는 메시지와 함께. 딱히 칭찬도 아닌 것 같은데, 그 메시지 하나에 왜 그리도 기뻤던지.

한 주머니의 법칙

　이곳의 사무실 풍경은 고시촌 카페만큼이나 고요하며, 대부분의 대화는 메신저로 이뤄진다. 그래서 대부분의 업무 관련 용무 역시 메신저를 통한다. 바로 옆자리의 직원에게도 메시지를 보내는 게 부지기수. 그만큼 메신저가 이곳에서의 소통에서 중요하다는 의미이다.

　오랜 기간 이곳 생활을 하면서 하얀 바탕 위로 무수히 많은 낱말을 주고받았다. 그리고 문득 묘한 사실을 한 가지 깨달았다. 낱말의 조합, 그러니까 말주머니에도 일종의 투가 있다는 것이다. 메신저 속 그 모습은 실제 성격과는 별도로 어느 정도 유형화가 가능하고, 일부 유형에 나는 피로감을 느끼고 있었다. 재미 삼아, 혹은 직접 말하지 못한 마음을 달래기 위해 그 유형을 모아봤다.

1) 대화 연장형

대부분이 해당된다. 중심 내용보다는 주변 내용을 좀 더 많이 이야기한다. 일단 호칭을 한 번 부른 후 기다리는데, 상대방도 다음 말이 이어질 줄 알고 대답 없이 기다리는 경우가 많다. 마치 실제 대화 맥락처럼 상대의 컨디션이나 상황을 살피며 용무를 이어가는 것이 특징. 소심하고 예의 바른 사람일수록 이런 방식의 주머니를 사용한다. 첫 대화에는 필요하지만, 실무가 지속될 때는 오히려 비효율적이다.

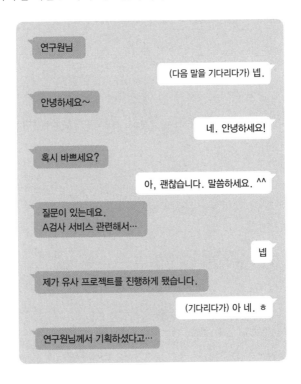

> 네. 제가 했습니다.

그때 기획하셨던 자료 다 갖고 계세요?

> 네. 갖고 있습니다.

보내주실 수 있으세요?

> 그럼요. 다 보내드리면 될까요?
> 아니면, 필요하신 자료가 있으세요?

아… 최종 기획안이랑 스토리보드가 필요해요.

> 넵. 보내드리겠습니다.

2) 맥락 증발형

대뜸 자신의 용건부터 얘기한다. 용건의 경로나 맥락이 없기 때문에 간단한 내용조차도 스무고개로 이어지는 경우가 많다.

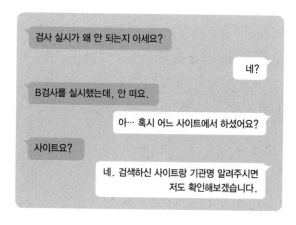

검사 실시가 왜 안 되는지 아세요?

> 네?

B검사를 실시했는데, 안 떠요.

> 아… 혹시 어느 사이트에서 하셨어요?

사이트요?

> 네. 검색하신 사이트랑 기관명 알려주시면
> 저도 확인해보겠습니다.

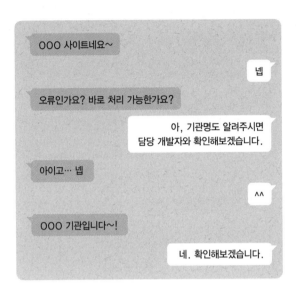

3) 감정 과잉형

내용보다는 정서의 표현이 더 많다. 불필요한 자극이 많아서 메시지를 받는 입장에선 용건을 한 번에 파악하기가 어렵다. 친한 사이라면 상관없겠지만 업무 상황에서도 습관적으로 사용하는 사람들이 있다. '맥락 증발형'과 연합되면 점입가경.

> 연구원 님, 급해요! ㅠㅠㅠㅠㅠㅠㅠㅠㅠ
>
> 안녕하세요! 네, 말씀하세요!
>
> 고객이 검사를 검색했는데
> 아무 반응이 없대요!! 흐어어어…
>
> 아 넵. PC에서 하셨어요? 모바일에서 하셨어요?

저도 해봤는데 안 떠요! ㅋㅋㅋㅋㅋㅋㅋㅋㅋㅋㅋ

아 네. ㅎㅎ 일단 PC인지 모바일인지 알려주시겠어요?

오잉? 서로 다른가요?
-_-;;;

네. 그리고 검색하셨다는 사이트랑 기관명도 알려주시면 확인해보겠습니다.

잠시만요!!!! (후다닥)

넵

OO 사이트네요~~~

넵

오류인가요??? ㅜㅜㅜㅜ (불안불안)

아, 기관명도 알려주시면 확인해보겠습니다.

헐! ㅈㅅ B기관입니다~!

넵. 확인해보겠습니다.

제가 검색해보니까 잘되는 것 같은데, 혹시 검사명이 아니고 프로젝트명에 검사를 입력하신 건 아닐까요?

끼얏! 맞습니다. 감사해요!

아닙니다. ㅎ 고생하세요~

네~~ 엄지 척!!

4) 코드 교환형

위의 3개 유형과 정반대의 케이스. 마치 디지털 신호처럼 극도로 필요한 반응만 한다. 제한된 반응을 기반으로 대화를 이어가야 하기 때문에 벽을 훑고 있는 느낌이 들기도. 주로 개발자에게서 자주 나타난다.

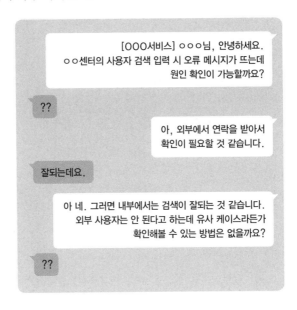

5) 의식의 흐름형

떠다니는 사고의 덩어리 중 눈 마주친 녀석들을 차례대로 나열한다. 두 번 이상 읽어봐야 내용의 우선순위가 파악된다. 정신 붙잡지 않고 하나하나 답하다 보면 같이 휩쓸리기 십상.

저번 회의 때 제가 기억이 정확히 안 나는데 검사 표준화를 6월까지 진행하기로 했었던가요? 그때 파일을 공유하기로 했던 것 같은데 오늘 확인해보니 제가 메일함이 꽉 찼는데 아웃룩을 사용하면 어떨까 싶기도 하고… 뭐 아무튼 내일 외근 갔다가 들어오시게 되면 ○○○시스템에서 사용자 조회 방법 좀 설명 부탁해요.

넵. 내일 4시쯤 들어오게 되는데 그때 설명해드리겠습니다. 표준화는 5월 말까지 진행하기로 했습니다.

아 그랬군요. 4시면 덥겠네. 에어컨을 슬슬 켜야 하지 않을까요? 우리 부서로 인턴 2명이 새로 올 건데, 현재 아르바이트생 있던 자리를 B사무실로 옮기고 그 자리를 세팅해주면 어떨까 싶습니다.

네. 부서에 전달해서 확인해보겠습니다.

6) 연결고리형

다른 말로 '말주머니 낭비형'이기도 하다. 글자를 소리로 바꾸면 노래 〈연결고리〉처럼 들릴지도 모른다.

아

그건

제가

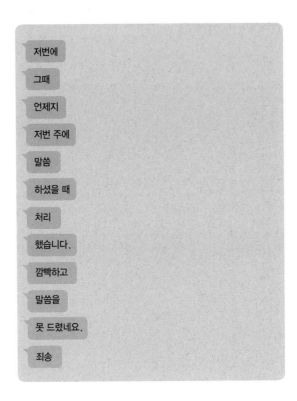

저번에

그때

언제지

저번 주에

말씀

하셨을 때

처리

했습니다.

깜빡하고

말씀을

못 드렸네요.

죄송

이해를 돕기 위해 과장을 좀 했지만 분명히 존재하는 유형들이다. 저들 모두 직접 대화해보면 좋은 사람들이다. 매너도 있고 대화가 어렵지 않다. 하지만 메신저 상에서는 좀 더 효과적인 소통법이 필요하다. 회사에선 이를 〈한 주머니의 법칙〉이라 부르며 권장한다.

한 주머니 법칙의 효과

일반적인 대화는 상대방에게 온전히 집중해야 원활하게 이루어지고 표정이나 제스처도 확인할 수 있다. 방금 뱉은 말도 다음 말로 바로 조정할 수 있고 정확하지 않은 여러 단어를 이어 붙이며 빠르게 상황을 설명할 수 있다. 그러나 엄밀히 말해서 메신저는 말이 아닌 '글'에 가깝다. 글은 제한적인 소통수단이고, 동시성이나 연속성보다는 의미를 전달할 수 있는 한 단위의 정확성이 중요하다. 잘 구성한 메모나 문장은 언제 어떤 상황에서 읽어도 그 의미를 파악하기 수월한데, 이는 그것이 —글자 외엔 아무것도 없는— 글이기 때문이다. 특히 업무 상황에서의 글은 의미를 전달할 수 있는 명료하고 적확한 단어와 표현을 사용하는 것이 더 중요하다.

한 주머니의 법칙은 사실 간단하다. '하나의 말주머니에 필요한 내용을 모두 넣으려는 노력'이다. 생각보다 쉽고 누구나 조금만 집중하면 가능하지만, 일반적으로 개인 메신저를 실제 대화에 가깝게 사용하기 때문에 업무 환경에서는 그러한 노력을 놓치기 쉽다. 예컨대 앞의 '대화 연장형'에서 오간 여러 개의 말주머니는 아래와 같이 하나로 압축할 수 있다.

[A검사 서비스 관련 문의] 연구원님, 안녕하세요.
아래의 자료가 필요하여 요청합니다.

* 최종 사업 기획안
* 스토리보드

제가 유사 서비스를 진행하게 됐는데, 연구원님께서 A검사 서비스를 기획하셨다고 들어서요. 요청한 자료 외에도 혹시 제가 참고할 자료가 있다면 보내주시면 감사하겠습니다!

한 주머니에 말을 넣기 위해 노력하면 자연히 스스로도 요점을 정리하게 되고 점차 불필요한 표현들을 걷어내게 된다. 명료한 문장은 글을 받아들이는 대상의 이해 수준이나 속도도 높일 수 있다. 되묻지 않아도 바로 해당 문의나 내용을 파악할 수 있어 빠르게 처리할 수 있다. 혹 그것이 불분명하면 분명하지 않은 부분을 집어내어 묻기도 수월하다. 불분명한 내용을 피드백 받으며 다시 주머니를 채우다 보면 자연히 중요한 내용을 위로 올리는 등 문장 배열의 우선순위나 위계, 패턴을 익힐 수 있다. 점차 구성지고 안정된 투가 밴다.

정서나 유머를 곁들이는 것도 좋다

한 주머니 법칙은 어느 정도의 정서 표현을 수반한다. 명료한 내용만으로 메신저를 주고받아도 큰 문제는 없겠지만, (실제 대화가 그렇지 않듯) 건조한 내용은 그 주머니를 받는 이들에게 왠지 모를 서늘함을 주기 때문이다. 주머니 속 어떤 곳에 "!"를 붙이거나 "넵"으로 혹은 "옙"으로 표현하는 것, "^^, ㅠㅠ, :)" 등의 이모티콘을 더하는 것, "오", "아" 등의 추임새를 넣는 것 모두 미세한 정서 표현에 해당한다. 유머까지 더해주면 더할 나위 없다.

[A상담 시스템 관련 문의] 안녕하세요! 뒤로 넘어져 코뼈가 아작나도 웃음 나오는 금요일 오후입니다. 아래 사항 문의드립니다.
- 상담사 서비스 〉 상담관리 〉 상담일정관리 〉 일정일괄설정: 설정할 일자를 선택하고 페이지를 이동하면 설정이 취소되는데 오류인지 본래 기능인지 확인 필요.
- 사례 확인 가능한 ID: aaa0001

최근에 수집한 누군가의 말 주머니. 아름답다.

한 주머니의 법칙은 육성보다 낱말이 더 많이 떠다니는 소심한 회사만의 이야기다. 동시에 이것은 '생각을 정리하고 말하는' 소심인의 표현 방식과 매우 유사하다. 그럼에도 의외로 많은 소심인이 메신저 상에서는 조금 다른 투를 갖는 경향이 있다. 실제 대화 맥락보다 부담이 적기 때문에 상대적으로 덜 고민하고 내용을 입력한다. 특히 소심인의 머릿속은 복잡다단한 가정과 걱정이 얽혀 있어서 은연중에 그것을 전하고자 하는 정보로 나열하기도 한다. 그런 면에서, 어쩌면 한 주머니의 법칙은 소심인을 위한 것일지도 —소심인이라 가능한 것일지도— 모른다. 꼭 메신저를 떠나 생각을 한 단위의 글로 옮겨보는 습관은 내가 현상을 효과적으로 이해하고 해결하는 데 많은 도움이 되었기 때문이다. 글로 정리해보면 나의 뇌가 얼마나 무질서한 운동 중이었는지를 쉽게 알 수 있었다.

그래서인지 후배 직원이 이런저런 말을 중언부언 늘어놓을 때, 내 대답은 늘 같다.

"일단 그것을 하나의 말주머니에 넣어보실래요?"

솔직하지 않아도 괜찮아

부장급 관리자가 새로 입사했다. 그는 꽤나 규모 있는 보수적 조직에서 관리직을 맡다가 이곳으로 영입되었다. 풍성한 표정, 당찬 걸음걸이, 굵직한 목소리 톤, 빠른 융화, 격식 없는 말투. 마치 자신이 대범인이라는 것을 알리기라도 하듯 굉장히 눈에 띄는 캐릭터였는데, 대범함의 좋은 면보다는 부정적인 면을 더 많이 품고 있는 사람이었다. 나는 소심인의 회사에서 '막 나가는(적어도 소심인들에겐 그렇게 보이는)' 그를 '막부장'으로 조용히 칭했다.

막부장은 회의 파괴자였다. 누군가 의견을 내면 "결코, 절대, 그건 안 됩니다. 알겠어요?"라든가, "프로젝트가 망해가는 꼬락서니는 볼 수가 없네", "그 제안은 고민이 전혀 느껴지지가 않는데?" 등과 같은 말을 손쉽게 뱉었다. 이해한다. 그 분야에 전문가이니까 어떤 식의 뾰족한 사고를 가질 수 있다. 하지만 그는 사적인 표현에도 딱히 정제 장치를 두질 않았다.

"김하나 씨, 남친이랑 헤어졌다며? 얼굴이 영 아니네~"

"두 사람 같이 가는 모습을 보니까 브루스 브라더스 같네. 한 명은 짧고 나머진 너무 길고. 요즘 세대라 잘 모르지?"

"말하자면 이런 거야. 소희 씨가 솔직히 얼굴은 좀 별로잖아. 근데 예쁜 여자만을 위한 서비스에 관심이 가겠냐는 거지."

막부장은 심지어 상급자들에게도 '이 조직을 구성하고 있는 대부분의 직원들이 소심하고 유약하며 답답하다'는 충언을 서슴지 않았다. 다들 눈치만 살피다가 한 세월이 가는데, 이래서 살아남을 수 있겠냐는 것이다. 그는 똑똑한 사람이다. 걸음은 느리지만 바닥 파이게 발끝까지 힘을 주는 것이 이 회사의 성장 동력임을 알고 있다. 그럼에도 자신이 온 이상 지켜볼 수만은 없단다. 그가 습관적으로 뱉는 말이 있다.

"뒷말하는 사람들 너무 싫더라."

나는 위아래 구분 없이 할 말은 한다, 솔직한 사람이니까, 앞에서 할 수 없는 말은 뒤에서도 안 한다, 라며 자신 있게 턱을 치켜들었다. 뒤끝 따위 없으니 할 말 있으면 언제든 편하게 뱉으라고 했다. 이따금 흥을 놓지 못하고 몇 마디 더했다. "뒤에서 속닥거리는 인간들, 극혐!"

솔직함에 대한 강요

솔직한 사람들이 있다. 앞과 뒤가 같은 일관성, 어떤 상황에서든 말할 수 있는 대담함, 그만큼 자신에 대한 의견을 넓게 수용하려는 자세. 솔직히 멋지다. 멋지게 솔직하다. 실제로 이런 사람을 대해보면 처음엔 날 여러 번 곤란하게 하지만, 시간이 지날수록 그 일관된 태도로 예측할 수 있는 범위가 명확해진다. 관계 초기의 강렬한 경험들 때문인지 실망할 일도 점차 줄어든다. 막부장의 말처럼 '적어도 그 이상 날 흉보진 않을 사람'이라는 안심도 갖게 된다.

막부장의 솔직함은 조금 달랐지만, 지향하는 모습은 유사했다. 그는 자신의 부서에 이런 솔직한 태도와 분위기가 뿌리내릴 수 있도록 고군분투했다. 면전에서 오가는 것들을 중시했고 인정했다. 그만큼 뒤에서 웅얼거리는 행위는 비겁하다고 여겼다. 밀담의 가치는 낮게 평가했고 뒷담화에 대한 죄의식 같은 것을 남겼다. 그래서인지 그것이 의견이든 혹은 누군가에 대한 평가이든, 부정적인 메시지를 담고 있다면 더더욱, 앞으로 드러내는 것을 아끼지 않았다.

막부장의 부서에서 회의를 하면 누군가를 공개적으로 타박

하거나 서로에 대해 적나라하게 언급하는 모습이 심심치 않게 보였다. 심지어 그런 경험들을 영광의 상처처럼 표현하기도 했다. "고생 좀 해봐야지. 너무 온실 속의 화초네. 욕 좀 들어먹고 혼 좀 나고 그래야 맷집이 생기지!" 군 생활 이후 듣지 않을 것 같은 말이었다. 내 놀란 마음과는 달리, 그곳의 구성원들은 면전 악담을 통한 맷집 훈련을 수용하는 듯 보였다. 앞에서 하는 말이라면 아무리 날카로워도 납득해야 한다는 분위기였다. 일방적으로 뱉는 사람이나, 듣고 수용해야 하는 사람이나.

편하게 말하라니까?

아… 그게… 그…

"솔직하게 말한다. 앞에서 할 수 없는 말은 뒤에서도 삼간다." 막부장의 관계 방식은 언뜻 보면 합리적이고 투명해 보이지만, 나에겐 좀 다르게 다가왔다. 마치 그가 어떤 말이든 쉽게 뱉기 위해 만드는 장치 같았기 때문이다. 앞과 뒤가 같은 '솔직한' 사람에 대한 지향은 대범인의 관점에 가깝다. 우린 삶에 대한 가치관, 살아가는 방식이 다른 사람들과 공존해야 한다. 꼭 솔직하게 서로의 장벽을 허물어야 하는 걸까. 일반적인 관계에서 그것을 지향하는 것이 효과적일까.

적어도 소심인에겐 그렇지 않다. 솔직해야 하는 상황 자체가 제한적이기 때문이다. 면전에서 누군가의 부정적인 면을 토로하거나 충고하는 건 아주 가까운 관계이거나, 나에게 위협을 가했을 때뿐이다. 그 외의 경우엔 그저 타인에 대해 뭔가 표현하는 것 자체에도 상당한 에너지를 소모한다. 특히 솔직함에는 문제가 없다며 (상대의 동의도 없이) 면전에서 험담을 하는 것은 내가 당하는 것은 물론 보는 것조차 곤욕이다. 마치 공개 처형처럼 자극적으로 다가와서는 내 입을 더욱 봉쇄한다. 아마도 그 부서에 있던 소심인은 그나마 할 수 있는 말조차 삼키며 막부장의 일방적인 솔직함을 감내했을 것이다.

뒷담화가 필요할 때가 있다

막부장의 부서와 달리, 회사에선 눈앞의 솔직함이 전부가 아니라는 것을 인정하는 분위기다. 뒤에서 오가는 밀담을 음지의 찌꺼기로 무시하지 않고 자연스러운 목소리로 바라보는 셈이다. 험담은 안 할수록 좋다는 걸 누구나 안다. 하지만 존재한다면 그 역시 '솔직한' 판단을 담고 있을 것이고, 입을 뚫고 나온다고 해서 반드시 공개적이어야 하는 것은 아니다. 면전이라고 험담이 덕담이 될 리 없으니. 특히 소심인의 경우, 면전에서 듣는다고 바로 반응하거나 해결할 수도 없는 노릇이다. 상처만 더 받는다. 어쩌면 더 적은 사람들에게 공유될 수 있는 뒷담화가 더 자연스러운 정화 장치일지 모른다. 나 역시 뒷담화를 한다. 누군가에 대한 불만을 친밀한 지인이나 동료에게 털어놓는다. 혹은 당사자와 뒤에서 조용히 얘기한다.

뒤로 돌던 말들이 당사자의 귀에 들어가는 경우도 많다. 오해에서 비롯된 일도 있다. 상처도 받는다. 그것이 사실일 경우엔 조용히 반성한다. 오해라면 그 이야기를 들려준 이와 의논한다. 내가 왜 그런 판단 혹은 오해를 불러일으켰는지 되짚고 고민한다. 그렇게 나에 대한 뒷얘기들이 덜 부정적일 수 있도록, 혹은 오해가 풀릴 수 있도록 스스로 노력한다. 그거면 된다. 우리 모두 성인이다.

막부장은 솔직함을 추구했지만, 그에게 편하게 말할 수 있는 사람은 없었다. '편하게 하라'는 말 자체가 불편을 전제하고 있었으니. 막부장의 일방적 솔직함은 모난 돌처럼 뚜렷하게 드러났고, 결국 뒷담화의 대상이 됐다. 언젠가 저잣거리의 풍문이 그에게 전달됐고, 막부장은 솔직함의 범위를 점차 조정했다. 표현의 수위를 교정했다. 더 이상 면전 악담을 편히 꺼내지 못한다. 소심한 무리에 굴복한 것이 아니다. 뒷담화에도 공명이 있다. 자신에 대한 여러 이야기가 하나의 목소리로 들렸을 것이다. 타인을 대할 때는 존중을 담아야 한다는 것. 그는 자신을 돌아보았다.

'버스엔 앞문 뒷문이 없다'는 말이 좋다. 모두 옆문일 뿐이다. 험담은 앞뒤의 정당함을 구분해야 하는 것이 아닌, 그저 내가 누구에게 말할 수 있는지, 그 거리의 문제가 아닐까.
솔직하지 않아도 괜찮다. 솔직할 수 있는 상대에게 털어놓으면 되니까. 이따금, 뒷담화가 필요하다.

독립된 공간이 필요해

유머집 《사오정 시리즈》였던 것으로 기억한다. 중대장은 전우애의 중요성을 강조하기 위해 '뭉치면 살고 흩어지면 죽는다'라는 속담을 자주 활용했다. 전시 상황이 됐고 부대원이 있는 곳으로 포탄이 날아들었다. 사오정은 기다렸다는 듯 외쳤다. 뭉쳐!

서로 힘을 합칠 때 더 좋은 결과를 낸다는 사실은 굳이 반론을 고민해볼 필요가 없을 정도로 오랜 기간 정설이었다. 이 때문에 모임 등의 간단한 결정부터 기업의 중대한 프로젝트에 걸쳐 집단사고와 협력, 팀워크의 중요성을 강조한다. 그런데 협력이 효과적인 상황은 줄다리기를 할 때, 이삿짐을 나를 때, 함성을 지를 때, 세력을 다툴 때 그리고 모래사장에서 바늘을 찾을 때뿐일지도 모른다. 소심인의 시각에선 그렇다. 꼭 뭉쳐

야 살 수 있는 건지, 정말 백지장도 맞들면 나은지에 대한 의구
심이 있다.

뭉치면 죽고 흩어지면 산다

사오정 사례는 우스갯소리지만 실제 장면에서도 뭉치면 죽
고 흩어지면 사는 상황들이 있다. 심리학자 애쉬Solomon Asch의
사회적 순응(동조) 실험은 집단 속의 개인이 얼마나 우스꽝스
러워질 수 있는지 잘 나타낸다.

방에 다섯 명의 사람이 앉아 있다. 한쪽 벽엔 두 개의 막대가 그려
져 있는데 그 길이가 서로 다르다. 잠시 후 진행자가 방으로 들어
와서 질문한다.
"둘 중에 어떤 막대가 더 길다고 생각하세요?"
첫 번째 응답자가 두 막대 중 짧은 것을 가리키며 '저 막대가 긴 것
같다'고 대답한다. 순간 묘한 분위기가 흐른다. 그런데 이상하게도
두 번째 사람도 짧은 막대를 선택한다. 게다가 첫 번째 사람보다
확신에 찬 목소리다. 그렇게 세 번째, 네 번째 사람도 같은 선택을
한다. 결국 마지막 사람까지 고개를 갸우뚱거리며 짧은 막대를 선
택한다.

사회적 순응에 대한 사회심리학 실험 중 한 장면이다. 사실 맨 마지막 사람을 뺀 네 명의 응답자는 모두 연기자이다. 그곳의 절대다수인 네 명이 짧은 막대를 선택했을 때, 마지막 사람이 어떤 선택을 하는지 알아본 것이다. '마지막 사람'이었던 피실험자의 반 이상은 굳이 얘기할 필요도 없을 정도로 명확한 정답이 있음에도 오답을 택했다. 짧은 막대를 가리켰다.

– 《심리로 봉다방》 中

연구자들은 이후로도 모호한 자극과 명확한 자극을 비교하며 유사 연구를 진행했고 이러한 현상은 여지없이 드러났다. 피실험자의 상당수가 정답을 눈앞에 두고 오답을 선택했다. 왜일까. 인간은 소속한 집단의 다른 구성원과 동일한 선택이나 행동을 할 때 그 집단에 수용될 수 있다고 믿기 때문이다. 판단이 분명치 않을 때는 더더욱 주변의 선택이나 반응에 영향을 받을 수밖에 없다.

그런데 이는 분위기에 휩쓸려 '일부러 틀린 답을 선택하는 것'만을 의미하지 않는다. fMRI(기능성 자기공명 영상) 스캐너를 사용하여 뇌의 변화를 측정한 결과, 피실험자들은 정답을 알면서도 타인을 의식하여 틀린 답을 선택한 게 아니었다. 지각 자체가 변하여 실제로 짧은 막대를 긴 것으로 인지했다. 사회적인 압력은 아주 명확한 사실조차도 다르게 느끼도록 바꿀 수 있다는 의미이다.

개방형 조직문화에 대한 막연한 기대

소심한 친구 녀석이 이직을 했다. 책상 간에 파티션이 없고 때에 따라선 자리도 마음대로 바꿀 수 있는 개방적인 문화의 회사였다. 사장부터 막내 사원까지 누구나 의견을 낼 수 있는 수평적인 분위기. 그런데 친구는 지금의 회사가 기존의 보수적이고 딱딱한 회사보다 적응하기가 어렵다고 했다. 누구나 말을 자유롭게 꺼내는 분위기 때문인지 당장 아이디어가 없어도 뭔가 얘기해야 할 것 같은 압박감이 들기도 하고, 자신에게 적극적으로 이것저것 묻는 상황들도 부담스럽다고 한다. 이 친구는 조직의 부적응자일까.

낮은 높이의 하얀 책상, 누구나 일어서면 사무실의 모든 사람을 볼 수 있는 구조, 콘크리트를 대체한 유리벽, 파스텔 톤의 작은 의자와 자유로운 분위기, 자전거를 타고 사무실을 유영하는 여성 리더. 영화 〈인턴〉의 한 장면이다. 이는 '개방형 조직문화'의 대표적인 모습이며, 영화나 드라마 속의 선도적인 기업 대부분은 이런 장면으로 비친다. 개방적인 문화가 업무 및 창의성 진작에 효과적이라는 연구 결과도 있다. 자유롭게 여러 논의를 던지고 받는 과정에서 더 좋은 결과가 나타나는 것이다. 그래서인지 기업의 담당자들은 이런 조직문화에 대한 막연한 기대가 있다. 진취적인 신생 기업들은 실제로 개방형 조직문화를 채택하기도 한다.

정말 그럴까. 브레인스토밍은 한때 의사 결정의 치트키라도 되는 양 돌풍을 일으켰지만, 그 효과성이 오히려 낮다는 것이 입증된 지 오래다. 대부분의 개인은 브레인스토밍을 통해 '아무말 대잔치'를 할 때보다 홀로 고민할 때 월등히 좋은 아이디어를 냈다. 이처럼 조직의 리더(타고난 역량과 노력으로 목표를 쟁취한 존재)나 관련 분야의 전문가가 고안한 방법론은 일상 맥락에서의 여러 변수, 특히 리더가 아닌 대부분의 성향 변수를 예상하지 못하는 경우가 많다.

개방적인 조직문화는 어떨까. 누구나 내 업무 영역으로 들어올 수 있는 환경, 어떤 말이든 수용할 수 있는 혹은 해야 하는 관계, 자전거를 타고 내 주변을 활보하는 리더가 과연 실제 상황에서도 효과적일까.

톰 디마르코Tom DeMarco와 티모시 리스터Timothy Lister는 업

무 상황에서 잦은 교류가 성과에 미치는 영향을 알아보기 위해 '코딩 워 게임즈Coding War Games'라는 실험을 했다. 다양한 회사의 프로그래머 600명이 실험에 참가했고, 평소 자신이 일하던 곳에서 요청받은 프로그램을 설계 및 코딩했다. 그 결과 각 프로그래머의 경력, 연봉, 작업 시간 등의 개인 변인은 결과치와 거의 연관이 없었다. 오히려 '어떤 회사에 속해 있는가'에 따라 서로 다른 성과가 나타났다. 최고의 성과를 낸 사람의 62%는 업무 공간의 사생활이 보장되는 회사에 속해 있었다. 또한 지식노동자 3만 8천 명을 대상으로 한 유사 연구에서는 '단순히 방해받는 것' 자체가 생산성의 장애 요소라는 점이 발견됐다. 이는 회사에 소속된 개인에게 열린 공간보다 '나만의 공간'이 더 중요할 수 있다는 점을 내포한다. 수평적인 회의 문화도 마찬가지. 그 자체로는 의미가 있지만, 자유로이 말할 수 있다는 것은 '말하지 않아도 괜찮다'는 것을 전제로 할 때 더 효과가 있다.

나만의 공간이 필요하다

소심인은 개방형 조직문화에 특히 취약하다. 사실, 취약하다기보다 그런 방식의 한계점을 본능적으로 알고 있(다고 변호하고 싶)다. 좀 과장하면 소심인에게 많은 사람은 많은 사공일 뿐이다. 몇 가지 키워드를 두고 여러 개의 입이 자유분방하게 말을 쏟아낸다거나, 뭔가 말해야 한다는 압박으로 앞사람의 의견을 물고 물며 주제를 벗어나 저 높은 산으로 가고 있는 장면을 보고 있자면, 그야말로 영원히 풀 수 없는 넝쿨에 휘감기는 느낌이 든다. 생각은 파도 앞 모래성처럼 휩쓸리고 흩어진다. 다양한 관점은 한편으로 다양한 제한을 의미할지도 모른다. 회의는 생각을 만들어내는 것이 아니라 이미 조사하거나 고민해온 것들을 놓고 우선순위를 정하거나 더 생각할 것들을 공유하는 정도면 충분하다.

그래서인지 이 소심한 회사엔 개인의 업무 공간을 중시하는 문화가 있다. 다른 이의 공간에 들어서는 것을 조심스러워하며, 지금 바쁜지, 대화가 가능한지 등을 묻는 소리가 자주 들린다. 혹 자리로 가서 할 얘기가 있다고 해도 그것이 괜찮은지 메시지로 먼저 묻곤 한다. '집중 근무시간'이라는 게 있어서 메신저에 표시해놓으면 대표조차 건네려고 했던 얘기를 이후로 미룬다. 얼핏 보기엔 이렇게까지 불편을 감수해야 할까 싶겠지만, 그것이 여전히 유지되는 기제는 간단하다. 개인의 공간을 중시했으면 하는 바람, 나 역시 그렇게 대해줬으면 하는 마음의 합.

나만의 공간이 필요하다. 수평적인 조직, 부드러운 분위기, 자유로운 선택. 좋지 않을 이유가 없다. 하지만 중요한 것은 그게 무엇이든 선택적으로 수용할 수 있는 나만의 영역이다. 회의실의 뒤엉킨 넝쿨을 비집고 나와 파도의 잔해를 떨고 있을 때, 아무나 쉽게 내 공간에 넘나들 수 있다면 또 다른 파도를 맞게 될 뿐이다. 산책이든, 멍을 때릴 수 있는 옥상이든, 화장실 변기이든, 듬직한 파티션의 뒤쪽이든, 참견을 받지 않고 오롯이 몸을 숨길 수 있는 공간은 절대적으로 필요하다. 그때 비로소 자전거를 타고 대기권 너머를 자유로이 유영할 수 있다. 창의에 닿는다. 리더가 아닌, 내가.

파도를 막아주는 나만의 공간이 필요해.

상처받지 않기 위하여

심리평가 수업을 들었을 때 일이다. 담당 교수가 깐깐하고 수업 난이도가 높아서 전공자들도 꺼리는 수업이었다. 수강생 중 말끔한 양복 차림의 남성이 앉아 있었다. 빳빳한 옷깃과 넥타이, 커프스 버튼, 중년을 목전에 둔 눈주름, 좀처럼 강의실에서는 보기 힘든 차림새였다.

그는 자신을 대기업의 인사팀장으로 소개했다. 전공자는 아니지만 훌륭한 선발 검사를 제작하기 위해 낯설고 어려운 수업을 찾아왔다고 한다. 나는 당연히 '훌륭한' 인재를 가려내는 것이 훌륭한 선발 검사의 목적이라고 생각했다. 그런데 그 목적은 내 예상과 정반대였다.

"한 명의 뻐꾸를 찾아야 해요."

발표 시간에 그가 말한 검사의 목적이다.

"열 명의 우수한 인재를 놓치더라도 한 명의 삐꾸를 가려내는 것이 더 중요합니다."

그는 검사의 개요와 방향을 설명하는 도중에도 끊임없이 그 표현을 사용했다. 다른 은어는 없었다. 대기업 팀장답게 정돈된 어른의 언어를 사용했다. 유독 그 단어만 거침없이 뱉었다. 삐꾸.

- 삐꾸: '엉성하게 갖춰진 물건, 혹은 제대로 작동하지 않는 것, 혹은 정상적이지 않은 것' 등을 말하는 은어

팀장까지의 시간 대략 10년, 손을 거쳐 간 수만 통의 이력서, 바늘구멍을 통과하고 얼굴을 들이민 수백 명의 청년들 그리고 그들의 회사 생활. 신입사원에게 '나의 도전-나의 합격-나의 회사 생활'로 기억되는 1인칭 이야기들을 팀장은 여럿에 걸쳐 오랜 시간 지켜봤을 것이다. 그들의 다양한 모습을 끊임없이 접했다. 한 번의 잘못된 선발이 초래하는 결과들을 겪었다. 잘못된 선발, 그러니까 기대했던 모습과 다른 그 누군가를 처음부터 삐꾸라고 칭하진 않았을 것이다. 그는 왜 그리도 강한 표현을 택하게 된 것일까.

"회사는 이익을 추구하는 단체입니다."

삐꾸에 대해 묻자, 그는 회사를 큰 매점에 비유하며 이야기

를 시작했다. 운영 과정에서 필수 불가결하게 서비스와 복지, 가치관 등이 생성되지만 본질적으로는 이익을 기반으로 판단하고 움직이는 곳이다. 만약 어느 경영자가 "우리 회사는 이익을 추구하지 않습니다"라고 말한다면, 그가 경영하는 것은 회사가 아닌 그 무엇이다. 혹은 그가 거짓말쟁이거나.

　신입사원의 모집과 선발, 교육의 과정도 모두 회사의 비용이며, 이익과 상충된다. 그 비용에 대한 본전을 뽑아줄 사람을 선택하는 것은 매우 당연하다.

　"스펙은 다 뛰어납니다."

　서류전형을 통과한 이들 대부분은 스펙과 능력 면에서 선발 기준을 상회한다. 본래는 서류전형 통과자 중에서도 더 좋은 스펙과 능력을 가진 사람에게 더 높은 점수를 주었다고 한다. 높은 스펙을 가진 이들이 본전을 뽑아줄 것으로 예상했기 때문이다. 그런데 막상 뚜껑을 열어보니 그들의 스펙 수준과 실무 능력은 별개였다. 신입사원 대부분은 놀라울 정도로 비슷한 모습을 갖고 있었다. 그들 모두 어리바리하다.

　"신입사원은 초보 운전자와 같아요."

　팀장은 그들을 초보 운전자에 비유했다. 아무리 면허시험을 잘 봤다고 한들, 도로 위에 첫 바퀴를 내딛는 순간 어설프고 답답한 초보 운전자일 수밖에 없다. 본의 아니게 다른 운전자에게 피해를 주는가 하면, 운 좋게 착한 뒤차를 만나 무사히 좌회전 차선에 안착하기도 한다. 그들 모두 저마다의 성향이 있지만, 뒷유리에 붙어 있는 〈1시간째 직진 중. 나도 내가 무섭다〉 딱지를 떼기 전까진 도로 위의 대동소이한 초보자일 뿐이다.

신입사원도 마찬가지다. 그중 눈치가 좀 더 빠르거나 업무를 빨리 흡수하는 직원은 있지만, 경력자들의 눈에는 결국 초짜다. 포부와 충성도가 사무실 천장은 물론 오존까지도 뚫어버릴 듯하고, 회사의 어떤 일도 집어삼킬 것 같은 의지를 보이지만, 믿고 시킬 만한 일은 딱히 많지 않다. 이제 막 도로 위에 올라온 이들에게 "다음 교차로에서 우회전 후에 바로 좌측으로 붙어서 고가로 올라가"라고 할 수는 없기 때문이다. 그들은 교차로와 '좁은 골목'을 구분하지 못한다. 작은 단위로 정확하게 전달되는 업무만 처리할 수 있다. "여기서 오른쪽 차선으로 이동해. 앞에 흰색 차 따라서 우회전해."

놀라운 점은 초보 운전자들이 오히려 큰 사고를 내지 않는다는 것이다. 긴장감을 유지하고 있어서 다른 운전자에게 줄 수 있는 피해도 특정 수준을 넘기기 어렵기 때문이다. 신입사원도 마찬가지다. 다른 직원에게 끼칠 수 있는 해악의 크기는 작다.

운전자의 교통사고 발생률은 도로 데뷔 후 6개월에서 1년

사이에 높다고 한다. 이때가 딱 '까불기' 좋은 시기여서다. 운전이 손에 익어서 예전처럼 모든 주의를 쏟지 않아도 된다. 다른 생각을 할 여유가 생기고, 자연히 본래의 성향이 운전석에서도 드러나게 된다. 아직 도로의 흐름이라든가 사각지대를 잘 모르고, 예상치 못한 상황들을 충분히 겪지 못한 상태에서 내 잘난 운전 실력을 뽐내기 시작한다. 과감하게 껴들어보기도 하고 다른 운전자를 흉보기도 한다. 공통적인 모습이다.

그런데 그중에서도 유난스러운 삐꾸 운전자가 있다. 이들은 갑작스러운 차선 변경이나 유턴 등으로 다른 운전자를 놀라게 한다. 습관적인 새치기는 기본, 그럼에도 다른 운전자의 진입은 용납하지 않고 액셀을 밟는다. 혹여 무리해서 껴드는 차라도 있으면 창문부터 열고 동공에 불을 붙인다. 심한 경우엔 보복운전을 하기도 한다. 고속도로에서 차를 세우는가 하면, 내려서 위협한다. 이들의 행태는 작게는 다른 운전자에게 불쾌감을 주고 크게는 다수의 사망 사고를 일으키기도 한다. 본래 선한데 운전석에 앉는 순간 돌변하는 것이 아니다. 본래의 성향이 운전석에서 더 크게 발현되는 것이다. 오로지 자신만 생각하던 버릇들이.

신입사원 역시 계절이 두 번 정도 바뀐 후부터 조금씩 개인차가 나타나고, 믿고 일을 맡길 수 있는 1년 차쯤 본래의 성향이 드러난다. 그중 아주 낮은 확률로, 뻐꾸가 고개를 든다. 이미 회사에서는 선발 비용을 포함해 1년간의 급여 및 교육 비용을 지출한 상태.

"뻐꾸는 오로지 자신만을 생각합니다."

팀장은 어떤 장면들이 다시 떠올랐는지 고개를 저으며 얘기를 이었다. 1년 차 직원들은 저마다 익숙해진 업무를 유지하며 좀 더 높은 수준의 업무를 배우는 과정을 거친다. 그 과정 중 익숙하지 않은 여러 상황을 겪는 것은 당연하다. 지난 1년으로 익숙해진 것은 '교차로에서 우회전 후 좌측 차선으로 붙어서 고가로 올라가는' 일뿐이니까. 그런데 뻐꾸는 그렇게 생각하지 않는다. 그것을 자신의 업무로 고정하고 다른 일을 배우려 하지 않는다. 혹여 우회전 후에 있어야 할 고가 진입로가 공사 중일 경우, 다른 경로를 찾아보지 않는다. 차를 세우고, 공사가 끝날 때까지 기다린다. 직원을 위한 사내 긍정적인 정책들을 다른 업무의 회피를 위한 방패로 악용하기도 한다.

팀장이 그들을 '뻐꾸'라고 부르기 시작한 건, 그 행태가 자신보다 주변에 미치는 영향이 더 크기 때문이다. 회사는 이익을

129

추구하는 '단체'이다. 단체는 개인의 합이다. 회사가 짊어진 짐이 있을 때, 그것은 안타깝게도 그곳에 소속한 개인들의 몫이 된다. 그들이 얼마나 짐을 균형 있게 나누는가에 따라 회사의 힘과 개인의 피로도가 달라진다. 뻐꾸는 그것이 자신의 업무가 아니라며 파이를 집지 않는다. 자연히 좀 더 적극적이고 일을 잘하는 이에게 과중된다. 설혹 자신의 행태에 의문을 품는 사람이 있으면 눈을 치켜뜨며 왜 부당한 업무를 해야 하느냐고 소리친다.

부당한 것은 맞다. 그런데 당장은 그 부당한 단체의 거지 같은 결정에도 수많은 이가 소중한 미래를 걸고 일하고 있다. 부당한 상황을 개선하기 위해 힘쓰는 것과 그저 몸을 숨기는 것은 다르다. 내가 피하면 그 짐은 다른 누군가에게 추가되기 때문이다. 뻐꾸는 그 사실을 잘 모른다.

그나마 1년 차에 발견하면 다행이다. 이들이 운 좋게 직급이 올라 관리자가 되면, 그 피해는 더 커진다. 부하 직원들을 살피고 관리하기보다는 자신의 업무 성과만 높이려 한다. 팀 내 업무 현황을 잘 모르기 때문에 상사에게 질문을 받으면 알맹이 없이 답변한다. 처세술로 때운다. 당연히 팀원들의 스트레스는 하루가 달리 쌓인다.

뻐꾸의 모험은 이것도 저것도 뜻대로 안 될 때쯤 대번에 사표를 던지며 끝난다. 드라마 속 장면으로 본다면 명확하고 쿨한 선택처럼 보이지만, 그건 남은 사람들의 모습이 담기지 않기 때문이다. 그곳에 젊음을 걸고 달리던 이들은 뻐꾸가 마구 휘젓고 털어버린 자리를 정리한다. 상처는 고스란히 남은 이들의 몫이 된다. 주인 떠난 자리를 고요히 바라본다.

프리라이더를 이해하고 관리하는 법

시간이 흘러 직원을 관리하는 입장이 된 후에야 당시 팀장의 이야기들이 다시 생각났다. 왜 그토록 뻐꾸를 걸러내려고 했는지도 어느 정도 이해가 된다. 확실히 그들은 주변의 여러 직원에게 피해를 준다. 팀장은 그들을 최대한 빨리 발견하여 걸러내는 것이 회사가 안정적으로 본전을 뽑을 수 있는, 그 안의 다른 개인들을 위한 길이라고 생각하고 있었다.

그런데 한 가지 의문이 남아 있다. 정말 거르는 것만이 능사일까. 만약 그들이 어떤 조직에서든 절대 비율로 나타나는 존재라면 이야기가 달라진다. 이 관점에선 평가와 재선발을 반복하는 것만큼 소모적인 일도 없다. 어차피 존재할 테니 말이다. 나 역시 어디선가는 뻐꾸가 될지 모른다.

소심한 회사에선 '뻐꾸가 존재할 수밖에 없다'는 사실을 인정하며, 그들을 프리라이더free rider라고 칭한다. 다만, 상처받지 않기 위해서는 그들을 조기에 알아보는 것이 중요하다. 직원으로 심리학자가 많기 때문에 이는 그리 어려운 일이 아니다. 예컨대 상사 앞에서 평소 모습대로 행동하는 신입사원은 없지만, 맘 편한 상황을 대하는 모습에서는 그 성향이 드러난다. 음식점의 점원을 대할 때의 말투, 가족과 통화할 때의 태도, 어딘가로 홀로 걸어가는 모습, 자신의 의견이 막혔을 때의 표정, 더 가까운 직원과 먼 직원을 대할 때의 차이, 다른 이의 이야기를 전달하는 방식 등 일상의 다양한 모습을 엉큼하고 음침하게 수집하여 나름의 프로파일링을 한다. 프리라이더 지수를 평가한다.

프리라이더 판정이 난다고 해서 '쟨 안 될 애야'라며 눈을 감지 않는다. 누구에게나 숨겨진 모습이 있고 그것은 그리 근사하지 않으니까. 오히려 그 성향이 본격적으로 발현되기 시작하는 6개월~1년의 시간 동안 더 많은 관심을 쏟는다. 이기적인 발상을 할 때는 그것이 다른 개인이나 주변에 어떤 영향을 미치는지 공유한다. 불완전한 태도가 나올 때는 그것이 자신에게 불리한 모습으로 비칠 수 있음을 알려준다. 좀 더 정돈할 수 있도록 가이드라인을 제시한다. 미흡한 업무 스킬을 비난하기보다는 격려하고, 사고라도 치면 수습해줘야 한다. 얌체 같은 생각을 하고 있을 때는 따끔하게 얘기할 필요도 있다. 결국 여기선 '나'이기 전에 '우리'임을 끊임없이 알려준다. 만약 뻐꾸 운전자가 누군가의 좋은 운전 습관을 본다면, 혹은 자신의 운전 습관이 가진 문제를 지속적으로 알려주는 이가 있다면, 그 미래는 달라질지도 모른다. 그런 기대를 갖고 대한다.

소심한 회사에서 프리라이더가 기대 수준까지 완성되도록 기다리는 건 쉬운 일이 아니다. 대부분의 소심인은 그런 직원에 의해 쉽게 상처받기 때문이다. 힘들게 완성시켰더니 떠나는 이도 적잖이 있다. 그럼에도 어차피 존재하는 그들을 방관할 수는 없다. 그것이 한 개인의 문제로 끝나지 않기 때문에.

운 좋게도 그들이 '우리'의 가치와 노력을 이해할 수 있게 되면, 성공이다. 더할 나위 없다.

3부

소심한 초능력

금속으로 아름다운 조각상을 만들 수는 있지만
유화를 그릴 수는 없다.
자신이 지닌 가능성과 차이점으로
스스로를 만들어갈 수 있지만
지니지 않은 요소로 새로운 것을 만들 수는 없는 셈이다.

- 칼 슈왈츠 (하버드대학 의과대학 정신과 교수)

소란 속에서 조용히
역사를 바꾸는 존재들

대학원 후배의 이야기. 심리학과엔 전공 특성상 소심인이 많은데 그녀는 유독 기억에 남아 있다. 작은 체구, 쪽찐 머리, 핏기 없는 하얀 피부, 표정 변화가 적은 얼굴, 거의 열리지 않는 입, 그리고 어딘가 느린 동작이 전반적인 모습이었다. 이따금 입을 열면 그 목소리가 참 작고 얇다. 음식점에서 점원을 부르려면 그녀가 가진 하루 치 에너지를 모두 써야 할 것 같았다. 조금만 당황해도 얼굴엔 붉은 노을이 물들고 호흡이 가빠진다. 누군가 나에게 '그래서 소심인의 전형이 무엇이냐?'라고 묻는다면 그녀가 떠오를 것 같다. 얇은 테의 안경을 쓰곤 했는데, 안경을 비롯한 단아한 느낌 때문인지 연구소 내에서 그녀의 별명은 '안선생'이었다.

안선생에 대한 가장 인상 깊은 기억은 소리에 대한 예민함이다. 대화를 하거나 뭔가 집중할 때, 혹은 가만히 멍을 때릴 때, 특정 수준 이상의 큰 소리가 나면 그녀의 말이나 행동은 끊긴다. 그 소리에 놀라 그대로 전원이 꺼진 로봇처럼 정지 상태가 되는 것이다. 한번은 길을 걷고 있었는데 좁은 길가로 오토바이 무리가 굉음을 내며 지나갔다. 멀리서부터 소리를 내지 않았기에 미처 대비하지 못했다. 나는 악 소리도 내지 못한 채 떨어진 심장을 줍다가 문득 같이 걷던 그녀를 살폈다. 역시 정지 상태가 되어 있었다. 그런데 평소와 달리 두 뺨으로 뭔가 흘러내린다. 너무 많이 놀라면 눈물이 주룩 흐른다고 한다.

너무 놀라서 그만…

자극에 민감하므로 가능한 것들

심리학자 융Carl Gustav Jung은 성격 특질의 하나로 소심인-대범인(내향-외향)의 개념을 처음 부각하였다. 그에 따르면 소심인은 정신적 에너지인 리비도가 내부로 흐르고, 대범인은 외부로 흐른다. 이러한 구분은 두 성향의 일상 생활에서 어느 정도 확인할 수 있었지만, 정작 무엇 때문에 달라지는가에 대해서는 좀 더 설명이 필요했다. 그래서 영국 심리학자 한스 아이젱크Hans Eysenck는 '각성 이론'을 통해 두 성향의 차이를 실제 신체 반응의 관점에서 분석하였다. 그는 소심인/대범인이 구분되는 결정적인 차이를 '자극에 대한 반응성'으로 꼬집었는데, 이는 에너지의 흐름으로 이해하던 개념보다 좀 더 명확하게 소심인의 행동 패턴을 설명한다. 한마디로, 소심인은 자극에 민감하다. 사회적 학습 차원이 아니라 기질적으로 그렇게 유전되었다는 의미다. 관련된 후속 연구들이 이를 뒷받침하는데, 가령 동일한 양의 레몬즙을 혀에 떨어뜨리자 소심인이 대범인에 비해 침의 분비량이 많았다. 피부 민감성 역시 소심인이 더 높았다. 시각 자극으로 인한 동공의 확장, 청각 자극에 대한 반응 등 신체 자극에 기반을 둔 수십여 개의 연구에서 동일한 결과가 나타났다.

이러한 연구 결과는 우리가 쉽게 떠올리는 소심인의 인상과는 조금 다르다. 평소 조용하기 때문에 소심인은 자극에 덜 반응하고 담담할 것 같아 보인다. 반면 활동적이고 여러 자극을 추구하는 대범인이 더 쉽게 흥분할 것이라고 생각하기 마련이다. 하지만 사실은 그 반대다. 이는 유전적으로 소심인이 대범인에 비해 '감각 역치'가 낮기 때문이다. 감각 역치는 '각성을 일으키는 자극의 최소치'를 의미하는데, 쉽게 말해 역치가 낮을수록 사소한 자극에도 더 쉽게 각성된다. 따라서 소심인은 대범인에 비해 평상시 좀 더 높은 각성 상태에 있다고 볼 수 있다. 동일한 환경이나 자극에 대해서도 (보이는 것과는 달리) 더 쉽게, 더 크게 흥분한다.

그럼에도 추구하는 환경이 서로 반대로 나타나는 것은 인간이 적절한 수준의 각성 상태를 유지하고자 하기 때문이다. 감각 역치가 높아 쉽게 각성되지 않는 대범인은 자극 수준을 높일 수 있는 좀 더 다양하고 강력한 환경을 찾아 나서게 되고, 감각 역치가 낮아 쉽게 각성되는 소심인은 자극이 낮은 환경을 추구하게 된다. 대범인이 사교적이고 파티를 좋아하며, 즉흥적이고 흥미진진한 활동을 추구하는 반면, 왜 소심인은 조용하고 신중하며, 제한적인 상황과 관계를 선호하는지 잘 설명한다. 멋진 풍경을 보았을 때, 대범인은 "와! 대단해! 놀라워! 대박!"이라고 외치거나 타인과 교류하며 스스로의 자극 수준을 더 끌어올리고자 하지만, 고요히 그것을 바라보고 있는 소심인의 내면이 더 격하게 끓고 있을지도 모른다.

이처럼 두 기질은 단순히 취향의 문제로 선택할 수 있는 것이 아니다. 특히 소심인의 자극 민감성은 '저자극 환경을 견디는 능력'을 의미하기도 하며, 이는 대범인이 노력으로 얻기 어려운 능력이기도 하다. 자극이 '낮은' 상황을 견뎌내는 것은 자극이 높은 상황을 견뎌내는 것만큼 쉽지 않기 때문이다. 예컨대 〈감각 박탈 실험〉은 저자극 환경에 강한 소심인의 능력을 잘 설명한다. 피실험자는 감각을 느낄 수 있는 자극이 최소화된 상태에서 정해진 시간을 보냈다. 앞에는 네 개의 버튼이 놓여 있는데 원하면 언제든 누를 수 있고, 버튼은 각기 다른 종류의 소리를 들려준다. 실험 결과, 대범인은 소심인에 비해 월등히 많이 버튼을 눌렀으며 소리의 종류도 더 자주 바꾸었다.

즉, 소심인은 고독에 강한 종족이다. 조용한 환경 속에서, 더 자주, 더 오래, 스스로를 다질 수 있다. 그리고 이 시간은 점차 초능력으로 발현되곤 한다.

소심함으로 역사를 만든 사람들

아인슈타인, 뉴턴, 간디, 워런 버핏, JK 롤링, 빌 게이츠 등 소심한 초능력으로 역사를 바꾼 이들이 있다. 이들 모두 조용한 환경을 선호하고 소중한 몇 명과의 집중된 대화를 즐긴다. 마이크로소프트의 창업자인 빌 게이츠는 사람들과의 만남을 중단하고 외부 환경과 단절된 곳에서 생각의 시간을 갖는 것으로 유명하다. 독일의 작가 파트리크 쥐스킨트의 행보도 그렇다. 그는 《향수》, 《비둘기》, 《좀머 씨 이야기》 등의 소설로 전 세계 독자들을 사로잡았음에도 단 한 장의 사진으로만 알려져 있다. 사람 만나는 것을 원치 않아 매스컴의 추적을 받으면서도 모습을 드러내지 않는다. 상을 받는 것도 마다하고 인터뷰도 거절하곤 한다. 물론 가까운 사람들과 있을 때는 함께 포도주도 마시며 유머를 구사한다. 이따금 피아노를 연주하기도 한다.

이처럼 소심인은 철학가, 작가, 감독, IT 개발자, 심리학자 등의 분야에서 주요한 역할을 한다. 이 때문에 성공한 그들이 스스로 소심함을 고하는 것이 크게 놀랍진 않을 수도 있다. 현재의 모습 자체가 소심한 성격과 어울리는 느낌이 들기 때문이다. 홀로 사색하며 글을 쓰고 코드를 짜고 연구를 하는 모습이 눈에 그려진다. 그런데 우리가 상대적으로 대범할 것이라고 예상하는 분야, 예컨대 가수나 배우, 운동선수 중에도 소심한 초능력을 가진 이들이 많다.

가수 서태지를 대표하는 수식어 중 하나는 '신비주의'이다. 그러나 정작 당사자는 신비주의를 의도하지 않았다. 그는 "내가 본래 내성적인 성격이기 때문에 TV 출연 등을 자주 하지 않는다. 다만, 가수로서 해야 할 기본적인 음반 제작, 공연은 꾸준히 하는데 평소에 볼 수 없기 때문에 신비주의라고 하는 것 같다"라고 말한다. 축구 선수인 박지성과 지단 역시 마찬가지다. 사석에서는 공을 찰 때의 모습과 다르게 낯을 가리고 말을 아끼는 것으로 알려져 있다.

배우 중에는 소심인이 더 많다. 연기를 해야 하는 각본과 상황 외의 변수가 적기 때문이다. 소지섭은 짧은 답변을 하는 것으로 유명하다. 어떤 질문에도 '잘 모르겠어요', '그런 것 같아요'라고 답하곤 한다. 그는 원래 말을 유창하게 못 하는데, 그 때문에 건방지다는 오해도 받고는 했다. 심지어 팬들도 소심하다고 한다. 팬미팅을 하면 서로 멀뚱멀뚱 바라만 보기 일쑤.

원빈은 무척 낯을 가리는 성격으로 평소에도 과묵하고 말을 많이 하지 않는다. 대외적이고 공개적인 활동을 거의 하지 않는데, 조용한 비밀 결혼식은 그의 성향을 잘 보여주는 일화이다. 그럼에도 원빈은 때론 거친 남자로, 활기찬 대범인으로 스크린을 채운다.

쓰다 보니 왠지 소지섭과 원빈은 굳이 말이란 것을 할 필요가 없었을 것 같기도 하다. 다른 배우도 있다. 곽도원은 같이 연기를 시작했던 극단의 그 누구도 그가 배우로서 성공할 것이라고 보지 않았다. 떨려서 대사도 제대로 못 뱉었기 때문이다. 이종석은 수업 시간에 발표하는 게 너무나도 무서웠다. 자신에게 이목이 집중되는 게 싫어 사람이 많은 자리를 피했고, 심지어 길을 다닐 때도 인적이 드문 골목길을 찾아다녔다. 지금도 연기를 제외한 주제로 인터뷰하는 것을 무척이나 부끄러워한다. 《콰이어트》의 저자 수잔 케인의 TED 강의는 전 세계 많은 이가 생각하는 내향성에 경종을 울렸다. 그녀는 강단에 올라 마른침을 삼키며 말했다. "이런 기회를 주셔서 영광이지만 사실 저에겐 아주 힘든 일이에요. 그래서 미리 최대한 준비를 했습니다." 그리고 여느 연사처럼 훌륭하게 무대를 채웠다.

소심한 덕분에 단련되다

이들은 소심인이다. 그리고 자신의 소심했던, 혹은 지금의 소심한 모습을 어렵사리 고백한다. 그런데 그 내용을 자세히 살펴보면 그들이 어렵사리 얘기하는 것은 '자신에 대한 이야기를 꺼내는 행위'이지, '소심한 모습'이 아니다. 스스로 소심한 모습을 이상하게 생각하지 않기 때문이다. 오히려 그 소심한 성격 덕에 지금의 모습이 되었다고 말하고 있다. 소심했기 때문에, 그들의 능력은 날카롭게 단련됐다.

다시 대학원 후배의 이야기. 그녀는 내가 아는 가장 소심한 사람이다. 조용했고 나서지 않았으며 어리숙했다. 그리고 그녀는 약속을 중요하게 생각했다. 덕분에 연구실의 규범이 질서 있게 유지되었다. 강한 인내력과 신중함이 있었다. 그녀와의 공동 연구는 좋은 결과를 냈다. 타인에 대한 공감이 뛰어났다. 안선생은 성공적으로 '안박사'가 됐다. 주변에 흔들리지 않고 자신만의 길을 가고자 하는 고집과 성찰이 있었다. 이따금 입을 열고 나오는 말은 여러 번 떠오를 만큼 유머러스했다. 그녀는 초능력자가 분명하다.

소심인의 초능력을 소개할 시간이다. 당신이 소심인이 아니라면, 이쯤에서 책을 덮어도 좋다.

가치를 보존하는 능력

"오늘 점심에 같이 먹을 사람 없을 거예요. 이거 드세요."

박 대리가 새로 온 인턴에게 샌드위치를 주는 모습이 보였다. 그는 대범인, 인턴인 그녀는 소심인이다. 박 대리는 오늘 그녀의 점심을 챙겨줄 사람이 없다는 것을 알고 나름의 방식으로 배려를 했다. 물론 '점심을 혼자 먹어야 할 것 같은데 무엇을 어떻게 먹길 원하는지 혹은 점심 자체를 먹을 예정인지' 등을 묻진 않았다. "사무실에서 먹어도 되니 편하게 드세요"라는 말을 더했다.

대범한 배려가 때론 명확하고 편할 때도 있지만, 그날은 조금 어긋난 것 같다. 인턴은 감사하다며 샌드위치를 받았으나 그것을 사무실에서 먹지 않았기 때문.

점심시간이 됐고, 사람들이 빠져나갔다. 업무가 급한 몇 명만 남아 있었는데 그날따라 유독 조용했던 것 같다. 정적을 깨는 '부스럭' 소리가 났고, 나는 슬쩍 그곳으로 시선을 돌렸다. 소리의 주체가 내 반응에 신경 쓸까 봐 정말이지 눈알만 돌렸다. 그녀가 샌드위치의 포장지를 뜯다가 주변을 살피는 듯하더니 다시 싸서 옆에 둔다. 잠시 후 큰 결심을 한 듯 포장지를 열다가 옅은 숨을 뱉으며 다시 넣는다. 그렇게 두어 번 더 반복하고는 결국 샌드위치를 들고 사무실을 빠져나간다.

모두가 이 소리에 귀를 기울이는 것만 같아.

그 샌드위치는 회사 건물 1층의 전문점에서 박 대리가 사다 준 것이다. 하지만 인턴의 손에 들린 채 다시 매장으로 돌아갔고, 그녀는 그곳에서 샌드위치의 포장지를 벗기고 맛있게 먹었다. 마침 건물로 들어서다가 그 모습을 본 부장님이 박 대리를 불러 "왜 인턴을 챙기지 않았냐~. 매장에서 혼자 쓸쓸하게 먹더라" 하고 다그쳤다. 박 대리는 당혹스러웠다. 분명 사다 준 것 같은데 그건 꿈이었을까, 여러 생각이 들었을 것이다. 왜 이런 일이 벌어진 걸까.

피해에 대한 민감성

주변의 소심인에게 이 일화를 들려준다면 대부분은 그 인턴의 선택에 공감할 것이다. 그중 몇 명은 "난 안 먹고 집으로 싸갔을 것 같은데"라고 답할지도 모른다. 혼밥의 문제가 아니다. 음료가 없어서 내려간 것도 아니고, '샌드위치는 매장에서 먹어야 제맛!'이기 때문은 더더욱 아니다.

소심인은 타인에게 피해를 주는 것을 끔찍이 싫어한다. 누군가에게 먼저 다가가 선의를 베풀거나 앞장서 돕는 일이 적은 만큼, 불편을 끼치거나 피해를 주는 일도 거의 없다. 이것은 소심인에게 기본으로 탑재되는 기능이나 마찬가지다. 자극에 예민한 소심인은 나이를 먹으며 점차 자신만의 영역과 시간, 질서를 구성하는데, 이곳이 타인에게 침해당하거나 와해되는 경험을 하면 꽤나 큰 위기감을 느낀다. 그리고 이런 경험의 반복은 자신에게 타격이 큰 만큼 상대방 역시 그럴 것이라고 생각하는 계기가 된다. 그것을 하나의 사건으로 툭 털고 갈 수 있는 대범인과는 다르다. '타인의 피해에 대한 민감성'이 자신이 겪는 경험마다 견고해지는 셈이다.

인턴의 입장에서는 (비록 상사가 괜찮다고 했음에도) 사무실에서 부스럭거리거나 음식 냄새를 풍기는 것이 누군가에게 피해가 될 수 있다는 생각을 떨치기 어려웠을 것이다. 결국 그녀는 자리를 옮겼다.

가치를 존중하고 유지한다는 것

소심인의 피해 민감성은 약속이나 규칙에 대한 태도에 밀접한 영향을 끼친다. 이들은 '규범'을 중요하게 생각할 수밖에 없다.

• 규범: 인간이 행동하거나 판단할 때에 마땅히 따르고 지켜야 할 가치 판단의 기준

규범을 중요하게 생각하는 것은 그것이 개개인의 안정과 평화를 보장한다고 믿기 때문이다. 이러한 태도는 작게는 관계에서, 크게는 조직 체계나 문화권에서 약속된 가치를 유지하는 데 중요한 역할을 한다. 만약 특정 그룹의 가치 체계가 장기간 지속된다면 그것은 소심인의 공일 가능성이 높다.

물론 대범인의 적극적인 태도와 도전정신, 리더십 역시 주요한 역할을 한다. 하지만 그들이 무언가 벌여놓았을 때, 그것을 하나의 원칙으로서 의미 있고 견고하게 유지하려면 소심인의 능력이 매우 중요하다. 두 성향은 보상과 위기에 대한 반응이 서로 다르기 때문이다. 대범인은 보상을 추구하고, 소심인은 위기를 회피하고자 한다.

가령 어떤 관계나 가치가 새로이 태동하는 시점에는 많은 사회적 보상이 존재한다. 그곳에 다수의 관심이 모이고 각 개인에게서도 다양한 반응을 얻을 수 있다. 물질적인 보상이 따르기도 한다. 이러한 시기의 보상 가능성은 대범인에게 큰 자극으로서 동기의 발판이 된다. 그들은 새로운 가치가 좀 더 진전될 수 있도록 위아래 좌우를 살피며 부지런히 견인한다. 발디뎌본 적 없는 새로운 영역을 과감히 탐구하거나 감각적인 시도를 동원하며 가치의 외연을 확장한다. 때때로 그들의 충동성은 새로운 방법을 발견하는 계기를 만들기도 한다. 하지만 관계나 가치에 뼈대와 윤곽이 생긴 후에는 보상의 크기가 감소할 수밖에 없다. 그곳을 비추던 조명이 약해지고 개인 간 반응의 강도도 감소한다. 남은 것은 그 뼈대의 빈틈을 촘촘히 메우는 일이다. 대범인의 동기가 낮아져 이들이 좀 더 높은 보상의 다른 역할로 눈을 돌리는 시점이다. 이때 뭔가 흐트러지는 것에 민감한 소심인이 움직이기 시작한다. 아니, 정확히는 움직이질 않는다. 그곳에서 그대로, 그 가치를 안정적으로 보완하고 유지한다.

대단한 이데올로기나 인류애적 관점을 갖고 있다는 선언이 아니다. 소심인의 '규범에 대한 존중'은 자신을 포함한 개인의 위기와 닿아 있을 뿐이다. 따라서 단순한 규칙이든, 작은 약속이든, 혹은 그 문화의 큰 규범이든, 가치가 있는 이상 소심인은 그것을 존중하고 따르며 유지하고자 노력할 수밖에 없다. '내가 아프면 남도 아프다'라는 이 간단한 메커니즘이 그렇게 꽤 긴 시간을, 혹은 영원히, 눈에 띄거나 누군가의 인정을 받지 않더라도, 의미 있는 보상을 주지 않더라도, 다수가 공유하는 가치 체계의 촘촘한 토대를 만드는 셈이다.

인턴은 자신의 선택이 결론적으로 박 대리에게 피해를 주었다는 사실을 받아들이며 많은 혼란을 겪을 것이다. 밤잠을 설

칠지도 모른다. 그러나 괜찮다. 그녀의 고민은 좀 더 의미 있고
견고한 가치의 이음쇠가 될 테니.

위기를 예방하는 능력

"자네는 잘 만들어진 함선 같아."

연말 회식. 술에 거나하게 취한 이사님이 나를 물끄러미 바라보다가 운을 떼었다. 혹시 오늘 잘못한 것은 없는지, 함선이라니 열길 물속을 알 수가 없다는 말씀을 하시려는 건지 여러 생각으로 머릿속이 복잡해졌다. 그런데 이어지는 내용은 예상 밖의 것이었다.

"비행기처럼 화려하거나 고속열차처럼 속도감이 느껴지진 않는데 말이야. 항상 목적지에 성공적으로 도착해. 누구와 일하든, 어떤 프로젝트를 하든, 결국 계획한 곳에 도달하는 거. 그거 대단한 능력이야."

그 이야기를 듣고 내가 이곳에서 밥값을 하고 있다는 안도감과 함께 두 가지 생각이 들었다. 평소 냉소적인 이사님이 칭찬을 할 정도로 나에게 대단한 능력이 있다는 것, 그리고 사실 그것은 소심인에겐 그리 대단한 능력이 아니라는 것.

성인이 된 소심인의 대부분은 책임과 역할, 관계, 업무를 무리 없이 처리한다. 다만 스스로 드러내거나 홍보하지 않기 때문에 그 능력을 인정받기가 쉽지 않을 뿐이다. 오히려 결점으로 언급되는 경우가 더 많다. 실제로 나는 전 직장에서 전혀 다른 평가를 받았다.

"왕 대리는 자신감을 더 키워야 돼. 왜 그렇게 고민이 많아?"

상사는 '일단 겪어보고 부딪치고 그렇게 하다 보면 다 알게 된다'며, 그런 경험은 돈 주고도 못 산다고 말하곤 했다. 나는 그 경험이 회사나 나에게 어떤 의미가 있는지 생각해볼 틈도 없이 낯선 상황에 놓이는 게 늘 당황스러웠다. 불확실성에 대해 걱정하면 왜 부정적으로만 바라보느냐며 긍정적인 태도를 요구받았다. 그리고 또 듣는다. 대범해지라고. 자신감을 가지라고. 고난과 혼란의 시기였다.

왜 다르게 보일까

위기를 회피하려는 소심인의 기질은 개인의 삶에서뿐만 아니라 자신이 맡은 업무나 역할에서도 동일하게 작용하는데, 이는 그저 막연히 염려하는 모습으로 인식되는 경우가 많다. 부족한 자신감으로, 비관적인 습성으로, 수동적인 태도나 낮은 의지로 비치며 오해를 산다. 특히 지켜보는 이가 대범인이라면 그것은 배가 된다.

그러나 좀 더 들여다보면 이런 기질은 드라마틱한 뭔가를 바라는 대범인의 시각과는 전혀 다른 양상으로 나타난다. 가령 소심인에게 자신감은 때에 따라 필요한 도구일 뿐, 장기적으로 달성해야 할 과업이 아니다. 오히려 자신감 넘치는 모습은 불확실성에 대한 낙관으로 인식돼 경계의 대상에 가깝다. 판단이 필요할 때는 상세한 정보를 분석하여 스스로를 설득할 수 있어야 한다. 스스로 설득되지 않은 일을 추측이나 육감만으로 '일단' 하는 것은 충동적인 행위일 뿐이다.

소심인의 능력은 그것이 어느 정도 익숙해지고 학습된 시점부터 발현되는데, 마치 함선이 추진하는 데는 시간이 좀 걸리지만 한번 흐름을 타면 안정적인 속도로 물살을 가로지르는 것과 같다. 그리고 이것이 목적지까지 무사히 도착하기 위해서는 소심인의 세 가지 능력, 즉 절제력, 예기불안Anticipatory Worry, 불확실성에 대한 두려움이 중요한 역할을 한다. 단어의 의미만으로는 딱히 중요한 능력으로 보이지 않는다. 당연하다.

꽤 많은 사람이 위 세 가지 성향보다는 그 반대의 성향인 호기로움, 낙관성, 자신감이 탑재된 주인공이길 원하기 때문이다. 실제로도 관리자들은 업무 환경에서 후자의 성향을 더 선호한다. 그런데 이는 업무를 1인칭 관점에서 바라보기 때문이다. 후자의 성향을 대할 때 좀 더 말이 통하고, 편하며, 내 의견과 부딪치지 않는다. 절제하고 걱정하며 트집 잡는 존재는 오히려 눈엣가시처럼 느껴지는 것이 당연하다.

하지만 그 존재가 내가 탈 함선의 선장이나 조타수라면 어떨까.

위기를 예방하는 세 가지 능력

소심인은 절제력이 강하다. 정확히는 계획에 없던 소비를 지양한다. 따라서 돈이나 에너지는 물론 감정까지도 기분에 취해 사용하는 일이 적다. 비록 인색한 사람으로 비칠지언정 적재적소 필요에 따라 사용하는 것을 편하게 생각한다. 대학교의 팀 과제부터 기업의 프로젝트까지 대부분의 협업 과제는 제한된 자원을 기반으로 진행되는데, 소심인의 절제력은 불필요한 누수를 줄이는 역할을 톡톡히 한다.

소심인은 예기불안 수준이 높다. 미리 걱정하는 셈이다. 특히 낯선 상황을 앞두고 있거나 위험 가능성이 있을 때 이러한 성향은 더 두드러진다. 팀 프로젝트를 진행하다 보면 몇 가지 긍정적 사례를 바탕으로 미래를 낙관하거나 별다른 조치 없이 시간을 흘리는 경우가 많은데, 그곳에 '걱정꾼'이 있으면 들이닥칠 미래나 성공 가능성을 좀 더 합리적으로 바라볼 수 있는 계기를 만든다. 그런데 걱정꾼이 던지는 의견은 미움을 사는 경우가 많다. 그것이 팀의 활발한 분위기를 망치기 때문이다.

"자, 좋아요. 이제 오픈하고 홍보할 준비 합시다!"

"저… 그런데 팀장님, 저번에도 말씀드렸는데 이 기능은 유사 서비스에서 모두 안 좋은 평가를 받았습니다."

"뭐 다른 좋은 기능들도 있으니 일단 넣어서 가보죠."

"아… 네. 하지만 이 기능은 있는 것만으로 문제가 된 사례가 있습니다."

"아니 김 대리, 지금 다 으쌰으쌰 하고 있는데 꼭 그런 얘기를 해야겠어?!"

소심인은 불확실한 상황을 두려워한다. 예기불안이 미래에 대한 검증력이라면, 이는 현재의 위험성을 감지하는 능력이다. 프로젝트가 안정기에 접어들 때, 뭔가 잘 돼가는 것처럼 보이고 기분을 고양시키는 좋은 신호들이 나타날 때, 대부분의 담당자는 안심을 하게 된다. 지나왔던 시간이 고단했기 때문이다. 심지어 눈에 보이는 위험이 도사리고 있는 상황에서도 거의 다 왔다며 눈을 감고 안정을 취하는 이들도 있다. 이때 누군가는 지속적으로 주변을 살펴야 사고가 나지 않는다. 누군가는.

　육지가 보이자 사람들은 환호성을 지르며 축배를 든다. 그저 정해진 속도대로, 천천히 배를 향해 다가오는 그것의 존재를 의심하는 이는 없다. 그런데 육지 근처에는 암초, 해초, 낚시 그물, 피서객 등 지나온 대양에는 없었던 새로운 위험이 존재한다. 기뻐하는 군중 틈에서 끝까지 긴장을 늦추지 않는 존재. 그(녀)는 함선을 무사히 항구에 정박하고 지면에 두 발을 디딘 후에야 안도의 숨을 쉰다.
　당신은 어떤 함선을 탈 것인가.

타인에 대해 공감하고 집중하는 능력

"그는 다른 사람들보다 피부가 더 얇은 상태로 살았다.

타인의 고난에 더 아파했고, 삶의 기쁨을 대할 때도 그는 더 크

게 느꼈다."

– 에릭 말퍼스,《길고 긴 춤*Long Long Dance*》中

오랜 벗이 있다.

그와 처음 마주친 건 학창 시절 수업 시간이었다. 중학교에

처음으로 발을 디뎠고, 남성으로만 구성된 그곳은 이전과는 다

른 다소 거친 느낌의 사회였다. 미묘한 전운이 감도는 그곳에

서 까까머리를 한 아이들이 각자의 영역을 구축했다. 어색하게

친해지는 아이들, 종횡무진 교실을 누비며 존재를 알리는 아이

들, 서둘러 이빨을 드러내며 위아래를 잡으려는 아이들이 보였

다. 나 역시 쾌활한 척하며 여물지 않은 초기 분위기에 편승해 봤지만, 여전히 그 사회가 불안하게 느껴졌다. 내 옆자리의 짝꿍 녀석이 착한 아이이길 바랐다.

그런데 그 녀석이 착한지, 나쁜지, 혹은 무서운지 아는 것조차 쉬운 일이 아니었다. 말이란 걸 안 했기 때문이다. 어색하게 몇 마디 걸어봤지만 고개를 끄덕이거나 어, 응 정도로 반응하는 게 전부였다. 아이들은 그를 '침묵'이라고 불렀고, 그는 자신의 별명에 응하기라도 하듯 한 학기 내내 거의 말을 하지 않았다. 그와 친해지고 싶었다. 같이 농구를 하기 위해 반나절을 기다린 적도 있다. 나 역시 관계에 익숙지 않아 그와 여러 시행착오를 겪었다. 처음 집에 놀러 갔을 때의 감동이 남아 있다. 그렇게 그 녀석은 내 오랜 벗이 되었다. 기쁠 때나 슬플 때나, 대단한 이야기든 변변찮은 소리든, 서로의 이야기를 쉽게 털어놓고 묵묵히 들어줄 수 있는 내 소심한 벗.

관계 속에서 더 빛나는 초능력

소심인의 초능력은 관계 속에서 더 빛난다. 자극 민감성이 자신뿐만 아니라 타인의 기쁨과 고통에도 그대로 적용되기 때문이다. 가령 누군가에 대한 소식을 들었을 때, '어머, 대박, 말도 안 돼'라며 표현하는 것은 대범인이지만, 실제 체감 수준은 소심인이 더 높다. 타인의 일을 자신의 것처럼 느낄 수밖에 없다. 자연스럽게 작동하는 이 장치 덕에, 소심인은 타인을 좀 더 잘 이해하고, 존중하며, 공감할 수밖에 없다.

관계에서 나타나는 소심인의 초능력은 총 다섯 가지로 구분할 수 있다. 가까운 지인 중에 소심인으로 느껴지는 사람이 있다면 대입하며 읽어봐도 좋겠다. 혹 내가 소심인이라면 나의 초능력 수준을 확인해보는 시간이 되길 바란다.

1) 경청한다

소심인은 상대방의 이야기에 집중한다. 경청하는 태도가 배어 있어서 자신에게 뭔가 말하고 있는 상대의 말을 허투루 듣지 않으며, 특히 상대가 '내 사람이다' 싶을 때는 그 집중이 무한히 증가한다. 내가 뭔가 힘든 일이 있거나 혹은 그저 말이 많이 나와서 끊임없이 단어를 나열하고 있을 때, 별다른 트집이나 불필요한 반응 없이 묵묵히 들어주는 사람이 있다면 소심인일 확률이 매우 높다. 묵묵한 모습과 달리, 그는 흘러가는 이야기의 조각조각에 온전히 마음을 쓰고 있는 중이다.

이런 태도는 타인에 대한 집중과 수용이 있기에 가능하다. 성인이 된 소심인들은 다른 사람들의 행동, 윤리관, 의견, 가치,

혹은 외양 등의 면에서 자신과 매우 다르더라도 그들을 받아들이는 경향을 보이는데, 이는 성장 과정에서 그런 능력을 높일 수밖에 없는 환경에 자주 놓이기 때문이다. 자신을 쉽게 드러내지 않는 기질 때문에 주변으로부터 '먼저' 접근이나 노출을 당하는 경우가 대부분이고 (원하든, 원치 않든) 다른 가치나 행동을 일단 듣거나 받아들이는 태도를 취하게 된다. 그만큼 타인에 대한 집중과 수용력을 발달시킬 수 있는 계기가 늘어난다.

이것을 과연 초능력이라 할 만한지에 대한 의문은 이 능력이 낮은 이들과 대화를 해보면 쉽게 알 수 있다. 이들은 다른 가치나 생각을 들으면 견디지 못하고 비판적인 표현을 하는데, 소위 딴죽을 걸며 상대의 이야기를 끊곤 한다. 일단 '하고 싶은 말' 자체를 참는 게 매우 어려운 일일뿐더러 그것이 상반된 의견일 경우엔 더 그렇다. 결국 상대의 말이 완성되기도 전에 입을 벌려 '너에게 해주고 싶은 말'을 꺼내버린다. 반대로 누군가 나에게 해주는 얘기 역시 끝까지 들어본다거나 곰곰이 생각하지 못하고 반박을 한다. 이들이 논쟁이나 갈등의 끝에서 자주하는 말이 있다. "아, 그래. 넌 네 방식대로 해. 난 내 방식대로할 거야."

2) 공감한다

공감은 소심인의 가장 대표적이고 일반적인 특징 중 하나이다. 타인의 고통이나 즐거움에 대해 내 몸이 체감하고 반응하도록 설계되어 있기 때문이다. 이런 경험의 반복으로 다른 사람의 입장에서 생각해보는 성향이 발달한다.

공감 능력이 잘 발달한 사람은 타인의 감정에 대해 진지하고 섬세하게 고려한다. 이는 '잘 반응하는 것'과는 조금 다르다. 상대의 경험이나 감정을 나의 일처럼 잘 흡수하는 것을 뜻한다. 이따금 공감하지 못한 상태에서 "진짜?", "말도 안 돼", "그 인간 완전 엉망이네" 등과 같은 리액션만 하는 경우가 있는데 화자의 입장에선 이야기가 헛도는 것 같은 느낌이 들 수 있다. 화자가 소심인이라면 더더욱, 상대의 반응을 오히려 과장되게 느낀다. 더 이상의 얘기를 망설이게 된다.

3) 표현에 신중하다

소심인은 상처와 고통에 매우 민감하다. 그런 경험을 싫어하므로 타인에게도 상처가 될 만한 말이나 행동을 하지 않는다. 상대를 지지하며, 대부분의 경우에서 잘 격려하고 위로하고자 한다. 자신 역시 그런 상대와 관계를 원하기 때문이다. 이따금 타인의 취향이나 기호에 대해 "나는 그거 싫더라"라고 쉽게 말하는 사람이 있는데, 소심인의 입장에서는 관계를 존중하지 않는 표현이다. 혹 누군가 자신과는 다른 생각을 말하더라도 필요한 상황이 아니라면 군이 반대 의견을 꺼내지 않는다.

이처럼 소심인은 내가 돋보이는 것보다 관계가 더 잘 정립되거나 원활하게 유지되는 것을 위해 애쓴다. 소심인 중엔 유독 얼굴이 빨개지거나 잘 당황하는 사람이 많은데, 이는 관계에 대한 존중과 상대에 대한 신중함을 담고 있기 때문에 나타나는 현상이다. 상대의 입장이나 판단을 배려하고 원활한 관계를 고려하는 과정의 일부인 셈이다. 그런 마음이 없다면 당황할 일도 없다. 스스로에겐 당황스러운 그 경험이 아이러니하게 그 관계의 화합을 증진해주기도 한다.

4) 정성을 다한다

친해지는 데는 오랜 시간이 걸린다. 반면에 한번 마음을 연 상대에게는 정성을 다한다. 받는 것보다 주는 사랑에 익숙하다. 하지만 관계라는 게 서로 좋게만 대한다고 유지되는 건 아니듯, 갈등이나 부정적인 상황을 어떻게 대할지에 대한 숙제가 남는다. 이 역시 소심인은 자비심이 높고 관대하여 관계에서의 갈등을 소화하는 데 중요한 역할을 하게 된다.

특히 소심인은 상대가 날 안 좋게 대하거나 상처를 주었다고 해서 그것을 갚기 위해 애쓰지 않는다. 즉, 복수하지 않는다. 오히려 스스로 그것을 극복하거나 위로하며 좀 더 나은 관계를 만들려고 노력하는 경향을 보인다. 소심인이 누군가와의 관계를 끝냈다는 것은 자신이 할 수 있는 모든 노력을 했다는 의미이기도 하다.

5) 비밀을 지킨다

기질적으로 자신을 드러내는 것이 어려운 소심인은 누군가의 비밀을 들었을 때 그것이 굉장히 어렵게 꺼낸 얘기라고 생각하며, 비밀로 유지하는 것을 인생의 업처럼 중요하게 여긴다. 단순히 입이 무겁다기보다는 모든 경우에 '공정한 방식으로' 행동하려는 태도의 일환이다. 가령 누군가의 비밀을 더 가까운 친구에게도 말하지 않는데, 비밀을 누설하는 것이 공정하지 않다고 생각하기 때문이다. 그 비밀은 내가 아닌 '소유자'의 것이고, 내가 그것을 누군가에게 말하는 건 타인의 소유권을 침해하는 행동이라고 생각한다. 내가 말할 수 있는 건 나에 대한 비밀뿐이다.

반대의 성향으로, 기회주의적인 사람들이 있다. 이들은 자신에게 문제가 생기거나 목적을 달성해야 할 때 유연하고 편파적으로 접근하곤 한다. 누군가의 치명적인 이야기를 상황에 따라 폭로하기도 하며, 관계가 틀어지면 새로운 관계 속에서 이전 상대의 비밀을 공유하기도 한다.

소심인의 귀로 들어간 비밀은 입으로 나오는 경우가 거의 없다. 오히려 굳게 지키고 있던 비밀을 대부분의 사람이 알고 있어 당황하는 일이 더 많다. 혹은 '이거 김 대리가 나한테만 해준 얘긴데'라며 이미 알고 있는 비밀을 제삼자가 다시 알려줄 때도 있다. 그럴 땐 또 처음 듣는 척, 그 비밀을 온전히 받아낸다.

조금 더 나은 사람이 될 수 있는 이유

오랜 벗이 있다. 그와 처음 마주친 건 학창 시절 수업 시간이었다. 수십 년에 걸쳐 천천히, 가장 가까운 벗이 되었다. 기쁠 때나 슬플 때나, 대단한 이야기든 변변찮은 소리든 서로의 이야기를 쉽게 털어놓고 묵묵히 들어줄 수 있는, 내 소심한 벗.

자주 통화하거나 만나지 않는다. 하지만 만나고자 할 땐 어떤 마음의 준비도 필요 없다. 그저 만나서 무언가 먹으며 대화를 한다. 아무 말이 없을 때도 있다. 괜찮다. 내가 뭔가 얘기하면 그는 묵묵히 이야기를 들어준다. 나 역시 그렇다. 시원하게 반응하지 않지만 이어지는 얘기엔 깊은 공감과 고민이 담겨 있다. 그 시간이 휴식과 위로를 준다. 언젠가 삶에 지쳐서 전화를 한 적이 있다. 나는 모든 고통과 감정을 그에게 쏟아냈다. 그런데 섭섭할 정도로 담담하게 내 얘기를 듣고 있었다. 십수 년

이 지나서야 그가 당시의 얘기를 한다. 그때 너무 힘들어 보여서 어떤 말도 할 수 없었다고.

난 그에 비해 좀 더 가볍고 미숙한 사람이었다. 그렇게 몇 차례 그에게 실수를 했다. 그는 크게 개의치 않는 것처럼, 적어도 내가 그렇게 받아들이길 원하는 것처럼 행동했다. 그 배려가 날 더 부끄럽게 했다. 나는 조금 더 나은 사람이 될 수 있었다.

친구야, 고맙다.

별 말 없이도 편안한 친구가 있다.

자기만의 길을 만드는 능력

A반과 B반에는 유치원생이 100명씩 있다. "그리고 싶은 것을 무엇이든 그려보세요." 선생님은 아이들에게 스케치북과 크레용을 나누어준 뒤 말했다. 아이들은 약 30분 동안 각자의 작품에 몰두했다. 그리고 모두의 작품이 끝날 무렵, 선생님은 A반과 B반의 아이들에게 서로 다른 보상을 주었다. A반 아이들에게는 맛있는 막대사탕을 나누어주었고, B반 아이들에게는 그림에 대한 칭찬을 해주었다.

시간이 흘러 자유 시간이 주어졌을 때 아이들이 무엇을 하는지 관찰하였다. 선생님에게 사탕을 받은 A반 아이들이 더 많이 그림을 그릴 것이라고 생각하였지만, 결과는 그 반대였다. B반 아이들 대부분이 스케치북과 크레용을 꺼내 그림을 그리고 있었다.

외적 동기와 내적 동기의 차이를 설명하기 위한 실험 결과이다. 사탕을 받은 A반 아이들의 경우 '그림을 그리는 것'은 '사탕을 받는 것'이라는 사고의 흐름이 형성된다. 아이들의 손에 크레용이 쥐어지려면 '사탕'이라는 외적 동기가 어느 정도 필요한 셈이다. 이 때문에 선생님이 자리에 없는 자유 시간에 그림을 그릴 만한 동기가 크지 않다. B반의 경우는 다르다. 그림을 그린 후 그들에게 주어진 것은 없었다. 다만 선생님의 칭찬으로 스스로 그림을 잘 그리거나 즐긴다고 생각한다. 그래서 이들은 선생님이 안 계신 자유 시간에도 '내가 잘하고 즐기고 좋아하는' 그림을 그리게 된다.

소심인의 대부분은 B반 아이들처럼 내적 동기가 잘 형성되어 있다. 성장할 때 충분한 보상을 받지 못해서 그런 것이 아니라, 스스로 체감하고 납득할 수 있는 결과를 더 중요시하는 성향 때문이다. 대범인과 소심인의 만족 방식에 대한 연구를 보면, 소심인은 대범인에 비해 사회적 지위나 돈, 쾌락 등 도파민을 분비하는 결과보다는 스스로의 성취감에서 더 큰 만족을 느끼며, 관찰하고 생각하고 배울 수 있는 환경을 더 중요하게 여기는 것으로 보고된다. 이러한 성향은 소심인이 외부 환경에 흔들리지 않고 목표를 향해 한 걸음씩 다가가는 데 중요한 역할을 한다.

CEO가 된 소심인

대한상공회의소에서 국내 CEO 200명을 대상으로 진행한 조사 결과(2004년)에 따르면, 전체의 약 45%가 '나는 외향적인 동시에 내성적인 면도 가지고 있다'고 대답했으며, 나머지 인원 중 내성적이라고 응답한 CEO가 35.9%로, 외향적이라고 답한 CEO(19.1%)보다 2배 가까이 많았다. 사실상 더 많은 소심인이 기업을 대표하고 있는 셈이다. 이들을 움직인 것은 무엇일까. 소심한 CEO 중에서도 극소심인인 여준영 대표의 이야기를 모아봤다.

여준영 대표는 2000년에 설립된 광고홍보 대행사의 대표로서, 홍보계의 이단아로 불릴 만큼 성공적인 행보를 걸었다. 그런데 정작 그를 본 사람은 많지 않다. 심지어 직원들조차 직접 얘기해본 적이 거의 없으며 '미스터리한 인물'로만 기억한다. 그는 고객사에서 프레젠테이션을 하면 긴장감을 감추지 못한다. 대인기피증에 가까울 정도로 남 앞에 나서기를 싫어하며, 사람들과 있으면 하고 싶은 말의 반 이상은 다시 속으로 집어넣는다. 자신의 사무실조차 잘 벗어나지 않는다.

그래서인지 여준영 대표의 사무실엔 피규어와 휴식 의자 등, 책상을 제외하고는 어른을 위한 놀이터처럼 꾸며져 있다.

그가 혼자 있기를 좋아하여 구성한 공간이다. 그곳에서 신문 및 잡지의 기사를 수집한 후 내용을 사색하거나 피규어를 꾸민다. 고민을 도표나 그림으로 요약하곤 한다. 직원들에 대한 생각을 하거나 사업을 구상한다. 그는 하루 중 대부분의 시간을 자신만의 공간에서 보낸다. 비서는 없다. 그 존재 자체가 불편하기 때문이다.

소심함을 믿게 만드는 힘

극소심인인 그가 어떻게 한 회사의 대표가 되어 그 직위를 수행하고 있는 것일까. 대단한 아바타가 있는 것일까. 위기 상황마다 청심환을 복용하는 것일까. 늘 자기 자신과 싸우며 대표의 자리를 어렵사리 유지하는 것은 아닐까. 그에 대한 의문점들이 생긴다. 그런데 이런 의구심과 달리 그는 스스로를 필요 이상으로 바꾸려 하지 않았다. 오히려 자신에게 맞는 방식으로 '소심한 대표'를 만들어냈다.

그는 고객사에서 많은 사람을 대상으로 하는 일반적인 프레젠테이션을 하지 않는다. 사업 제안이나 설명이 필요할 때는 자신의 아늑한 공간인 사무실로 초대한다. 테이블에 마주 앉아 면담하는 방식의 프레젠테이션을 한다. 대부분의 담당자는 처음엔 당황하지만 그가 가진 철학을 점진적으로 존중하게 된다. 형식보다 중요한 건 내용이라는 것.

"제 성격을 잘 알거나 배려해주시는 분, 일의 효율에 제 판단을 존중해주시는 고객은 잘 받아들여주세요."

직원들을 대하거나 교육하는 것도 독특하다. 직접적으로 교류하는 게 쉽지 않으므로 중요한 노하우 전달과 교육, 발표, 연설 등은 동영상으로 대체한다. 그는 자신의 사무실에서 전하고자 하는 메시지를 정해진 스크립트를 바탕으로 촬영한다. 이후 직원들은 회의실에 모여 '사장님 말씀'을 시청한다.

직원들은 어떻게, 왜 이 유별난 대표를 믿고 따르는 것일까. 그가 찾아낸 소심한 방식과 시간에 그 힘이 있다. 직접 교류하지 않을 뿐, 그는 혼자만의 시간 속에서 직원 한 명 한 명을 기억하고 조명한다. 크리스마스 때면 모든 직원의 선물을 취향에 따라 구입하여 트리 밑에 둔다. 아무도 없는 시간에 트리 앞에 앉아 홀로 그것을 놓으며 가슴 벅차 한다. 직원들은 어린아이처럼 기쁜 마음으로 자신의 이름이 적힌 선물을 찾아갔다. 개인에 대한 그의 집중은 (유치원의 B반 아이들처럼) 직원들에게 자발적인 동기를 만들어줬다. 직원들은 직접 보지도 못한 인물에게 존중과 온기를 느끼고, 그의 일관된 철학을 따르기로 결심했다.

내적 동기가 현실이 되기까지

여준영은 소심인이다. 소심인이 꼭 CEO가 되어야 하는 것은 아니지만, 그가 소심한 성향과 방식을 고수하면서도 그것을 이루고 유지하는 점은 주목할 만하다. 외적 동기를 중시했다면 대범인의 방식이나 성과를 좇았을 것이고, 지금의 길을 만들지 못했을 것이기 때문이다. 어쩌면 그의 내적 동기는 CEO가 아니었을는지도 모른다. 그저 자신만의 공간에서 자신만의 철학으로, 스스로 납득할 수 있는 방법으로 길을 만들어갔다. 자신에게 없는 대범함을 탑재하려 애쓰기보다 소심함을 효과적으로 발현할 수 있는 길. 결국 세상은 그 길을 알아봤다.

스스로를 소심하다고 말하고 있음에도 그것을 바라보는 우리에겐 여준영 대표가 소심인으로 느껴지지 않을 수 있다. 그가 자신의 목표를 '실제로' 달성했으며, 내적 동기가 강하다고 해서 그것을 꼭 실현할 수 있는 것은 아니기 때문이다. 소심인의 아득한 내면에 있는 동기를 현실 세계로 갖고 올 수 있는 다섯 가지 요인이 있다. 사실 대부분의 소심인이 이미 갖고 있지만 알아채지 못하는 능력이기도 하다.

1) 목적의식
분명한 목적의식이 있을 때의 소심인은 꽤 강력하다. 단기적인 보상이나 욕구 충족을 지연시키는 능력이 발달해 있기 때문에 장기적으로 목표와 가치에 따라 행동할 수 있다.

2) 개념화

소심인은 자신의 생각의 궤를 더 촘촘하게 해나가는 과정 자체를 즐긴다. 이 때문에 모호하고 추상적인 덩어리를 구체화하여 체계적으로 정리할 수 있는 개념화에 능하다. 이는 보편적인 의미를 파악하는 추상화와는 다르다. 다양한 현상을 단서로 나만의 시각과 논리를 정립해낸다. 가령 내가 원하는 것이 '조용한 곳에서의 업무'라면 그에 적합한 직군과 직무는 무엇인지, 장소는 어디가 좋을지, 그것을 위해 필요한 것은 무엇인지, 그 직업이 편집자라면 잡지사와 신문사와 출판사는 각각 어떤 차이가 있는지, 나에게 좀 더 적합한 곳은 어디인지 꼼꼼하게 따지며 '조용한 곳에서의 업무'에 대한 나만의 개념을 채워나간다. 이는 목적의식을 실제 삶에 반영해가는 데 중요한 역할을 한다.

3) 책임 직면 (↔책임 전가)

자신의 태도, 행동, 문제점이 자신의 선택에 따른 것임을 인정하기 때문에 그 책임을 받아들인다. 따라서 자신의 목표를 선택하는 건 의외로 자유롭다. 잘 안 되면 내 책임이기 때문.

4) 자기 수용

자신의 장점과 한계를 분명하게 인정하고 받아들인다. 스스로를 특정 모습으로 가장하지 않고, 자신이 할 수 있는 최선을 다하려고 노력한다. 심리적, 신체적 특징을 편하게 받아들이면서도, 훈련과 노력으로 그 한계를 개선하려고 노력한다. 부족해서 노력하는 것이 아니라 더 개선하기 위해 노력한다.

이런 능력이 낮은 사람은 자신을 받아들이지 못하고 다른 사람의 모습을 꿈꾸며, 그런 모습을 가장한다. 제한이 없는 부귀나 지위, 아름다움 등을 꿈꾸며 항상 그것을 위해 힘겹게 분투한다. 그래서 이와 대치되는 현실을 맞닥뜨리면 그것을 개선하려고 노력하기보다는 심하게 혼란스러워하며 자괴감에 빠진다.

5) 자기 일치

자신의 가치와 목표에 따라 자동으로 행동하는 좋은 습관을 개발할 수 있다. 이런 습관은 초기에는 꽤 신경을 써야 유지할 수 있다. 하지만 점차 체화되어 몸에서 자동으로 나타나는 제2의 성향처럼 발전한다. 체화된 습관은 일시적인 충동이나 상황의 압력보다 강력하다. 외부 환경에 따라 우선순위를 혼동하지 않으며, 유혹이 많을 때도 가치와 목표에 일치하는 모습을 보인다.

나만의 길을 만드는 시간

연설 전문가이자 임원 지도자인 제니퍼 칸와일러 박사는 "연설로 먹고사는 이들 중에 적어도 반은 소심한 성향을 갖고 있다"라고 말한다. 말을 유창하게 잘해서 연설을 하는 것이 아니라, 소심인으로서의 강점을 살려 연설 준비에 굉장히 많은 시간을 사용한다는 것이다. 이들은 청중과 거리를 느낄 수 있는 무대에 있는 것이 연설이 끝난 후 직접 대화하는 것보다 더 편하다고 느낀다. 여준영 대표와는 또 다르다.

소심인으로서 나만의 길을 만들어가는 건 사실 순탄치 않다. 하지만 그것은 대범인의 방식을 따르지 않아서 그런 것이 아니다. 대범인은 다양한 상황에 도전적으로 부딪치고, 실패한 경우 다시 빠르게 나아가며, 그런 전반적인 경험을 겪으면서 일종의 덩치를 키우는 반면, 소심인은 지나온 길을 제대로 정비하지 않고는 앞으로 나아가는 것 자체가 어려운 탓이다. 아주 작은 정보나 경험만으로도 내면의 유채꽃이 만개한다. 길의 크기를 키우는 것보다는 꽃들이 잘 안착할 수 있도록 지반의 밀도를 높이는 게 중요하다.

환희에 차고, 열정적이며, 성공할 수 있을 것처럼 보이려고 애쓸 필요는 없다. 오히려 그런 것에 크게 동요하지 않는 곳이 소심인의 길이니까. 감당할 수 없는 상황을 만나 뒷걸음질 쳐야 하는 날이 오면 비옥하게 맞아줄, 나만의 길.

사물이나 현상을 꿰뚫는 능력

"그분은 인사이트가 있는 것 같아."

뭔가 비범한 사람을 표현할 때 '인사이트insight'라는 단어를 자주 사용한다. 이는 '사물이나 현상을 꿰뚫는 능력'을 의미하며, 우리말로는 '통찰'로 쓰인다. 그런데 왜인지 나는 인사이트라는 표현을 더 선호하게 된다. 영어로도 한글로도 생김새가 멋있고 어감도 좋다. 안in을 비춘다는sight 어원도 매력적이다. 그만큼 나는 이 단어의 광팬이고, 인사이트가 있는 사람을 대단하게 바라본다. 그리고 내가 아는 대부분의 '인사이트 소유자'들은 소심인이다.

인사이트는 보이지 않는 것을 보는 능력이라고도 할 수 있다. 이 능력을 가진 이들은 눈앞의 현상을 그 자체만으로 보고 넘기지 않는다. 다양한 각도로 분별하며 이면에 있는 의미나 가치도 살펴보곤 한다. 예컨대 하늘은 푸르지만 우주는 검다. 인사이트가 있는 사람은 푸르게 보이는 하늘의 이면에 칠흑 같은 어둠도 있다는 것을 안다. 그 당연한 걸 모르는 게 더 이상하다고 생각되겠지만, 약 1500년 동안 인류는 태양이 지구를 중심으로 돈다고 믿었다. 우리가 당연하다고 생각하는 많은 것이 누군가의 인사이트에서 비롯되었다.

인사이트가 없는 사람들은 성급하고 눈치가 없으며 경솔할 때가 많다. 자신의 행동이 타인에겐 불편이 될 수 있다는 것을 모르는 경우가 많고, 내가 아는 것을 상대도 당연히 알아야 한다고 생각한다. 혹여 모르고 있다면 그 역시 '옳다구나'의 기회가 된다. 상황의 맥락을 파악하려 하기보다 내가 받은 손해에만 집중한다. 5분 뒤에 바뀔 일도 살피지 않고, 5초만 생각해도될 말을 일단 뱉고는 5초 후에 고친다. 삶의 긴 흐름 속에 있는 오늘에 그다지 주의를 기울이지 않는다. 막연히 뭔가를 기대하며, 그것이 이뤄지지 않을 때 주변을 원인 삼는다. 푸른 하늘이었던 주변이 그로 인해 검은 우주로 물들고 있어도 정작 본인은 모른다. 누군가의 소중한 사람에게 고통을 준다. 쓰다 보니 이런 사람이 있을까도 싶지만, 살면서 한 번쯤은 만나게 된다. 한 번이면 다행이다.

반면에 인사이트가 있는 사람은 현명하다. 위기엔 지혜로, 관계엔 배려로, 쾌락엔 절제로, 삶에 대한 일관적인 태도를 보인다. 눈앞의 신기루를 성급히 좇지 않는다. 지금의 고통이 가지는 의미를 탐색한다. 일상의 사소한 기쁨이 가지는 가치를 중시한다. 개떡같이 말해도 찰떡같이 알아듣는다. 유연하고, 강직하다. 이런 사람과 시간을 보내면 나 역시 가치 있는 존재가 되어간다. 그래서 나는 더더욱, 인사이트가 있는 사람을 존경한다.

한 소심인의 강연

약 1500년 동안 지속되었던 믿음은, 16세기 니콜라우스 코페르니쿠스Nicolaus Copernicus라는 학자에 의해 바뀌기 시작했다. 그는 태양이 우주의 중심이고, 지구가 태양 주위를 돌고 있다는 지동설을 주장했다. 한 개인의 인사이트가 인류에 새로운 관점을 일으킨 셈이다. 그리고 이런 위대한 사건은 어제가 오늘의 역사가 되는 현시점에도 여전히 일어나고 있다.

세계적인 강연회인 TED 콘퍼런스의 개막식. 무대에 한 여인이 올라섰다. 그녀는 그곳에 섰던 여타 강연가에 비해 조금은 경직된 얼굴로 큰 가방을 들고 있었다. 강연이 시작되자 가쁜 숨을 고르거나 마른침을 삼키며 자신의 이야기를 시작했다. 그녀의 이름은 수잔 케인이다.

"저는 아홉 살 때 처음으로 여름 캠프를 갔습니다. 캠프 전날, 엄마는 가방을 책으로 가득 채워주셨죠. 저에게는 그것이 지극히 자연스러운 일이었어요. 우리 가족은 모이면 주로 책을 읽곤 했거든요. 이런 모습이 비사교적인 것처럼 보일지 몰라도, 독서는 우리 가족의 색다른 사교 방식이었어요. 가족 옆에 바짝 붙어 서로의 체온을 느끼면서 마음속으로는 자유로이 상상의 모험을 떠나는 거죠. 그리고 저는 캠프에서도 이런 식으로 놀게 될 거라고 생각했어요. 잠옷을 맞춰 입은 여자애들 10명이 편안하게 앉아 책을 읽고 있는 모습을 상상했죠."

그녀는 자신이 겪었던 첫 캠프에서의 추억을 시작으로, 외향적이고 사교적이길 바라는 세상 속에서 내향적인 성향을 가진 사람이 살아가는 방식과 가치를 들려주었다. 이들이 자신의 성향을 달리 해석하고 바꾸려는 것은 '전 세계적인 손해'라는 과감한 말을 더했다. 그런가 하면 내용 중간에 "항상 그런 건 아니지만요", "이쯤에서 저는 외향적인 친구가 많다는 말을 해야 할 것 같네요"라며 안전한 단서를 달기도 했다. 그녀는 15분이라는 시간 동안 내향적인 성향을 극대화할 수 있는 여건, 그와는 반대로 흘러가고 있는 사회문화적 상황을 비교하며 자신이 긴 시간 동안 연구해온 진실을 들려주었다. 그녀에게 청중을 휘어잡을 만한 대단한 화술이나 제스처는 없었다. 이따금 말을 멈추고 다음 내용을 생각했다. 하지만 청중은 숨죽이고 그 이야기를 들었다.

강연이 끝났고, 수잔 케인은 1500여 명의 청중에게 기립박수를 받았다. 그녀의 강연 영상은 TED의 여러 강연 중 가장 짧은 시간에 조회 수 100만을 돌파하는 기록을 세우며 전 세계 네티즌의 찬사를 받았다. 그녀의 책 《콰이어트》는 출간 즉시 시사주간지 〈타임〉의 커버스토리로 다뤄지는 등 주요 언론을 비롯한 미국 사회의 집중 조명을 받으며 그해 최고의 베스트셀러가 되었다. 그녀는 인사이트를 갖고 있다. 그것으로 세계인들의 인식에 전에 없던 경종을 울렸다.

성찰의 시간 끝에 인사이트가 있다

수잔 케인은 자신이 책을 출판하기 위해 지나온 7년의 시간을 다음과 같이 회상한다.

"정말 행복한 시간이었어요. 읽고, 쓰고, 생각하는 일만 계속했거든요."

수잔 케인을 비롯하여 아인슈타인, 뉴턴, 간디, 빌 게이츠 등 인사이트의 상징처럼 회자되는 인물들에게는 공통점이 있다. 바로 '생각의 시간'을 아끼지 않았다는 것이다. 마이크로소프트의 창업자인 빌 게이츠는 많은 것을 이룩한 현시점에도 홀로 생각하는 시간을 중요하게 여긴다. 그는 사람들과의 만남을 중단하고 외부와 단절된 곳에서 한동안 생각의 시간을 갖고는 한다. 그의 학창 시절, 어머니는 그에게 심리 상담이 필요하다고 생각했다. 그녀는 대범인이었는데, 사람들과 활발하게 어울리지 않고 방에만 틀어박혀 있던 아들을 걱정한 것이다. 하지만 마이크로소프트를 현재의 고지까지 견인한 대부분의 혁신적 아이디어는 이 생각의 시간에서 나왔다. 학창 시절 당시 자신을 이상하게 보며 "도대체 혼자서 뭘 하는 거냐?"라고 묻는 엄마에게 빌 게이츠는 더 의아하다는 듯 답했다. "그냥, 생각을 해요."

이들이 좋아했던 생각의 시간은 단순히 사고를 흘러가게 두는 것이 아니다. 내면적 활동에 초점을 맞추는 좀 더 능동적이고 필수적인 활동에 가깝다. 자신이 했던 말이나 행동들을 깊이 되돌아보거나 사건과 경험을 여러 번 재구성해보는 것, 좀 더 나은 방법을 고민하는 것, 앞으로의 일들을 미리 걱정하거나 예견하는 것 등이 녹아 있다. 이러한 활동을 '성찰'이라고 달리 말할 수 있다. 성찰의 시간이 모여 그들만의 인사이트를 만들었다.

물론 인사이트가 소심인만의 전유물은 아니다. 이는 타고나는 능력이 아니어서 누구나 성찰을 지속하면 얻을 수 있다. 하지만 우리가 ―그 효과가 눈으로 확인되는― 다이어트나 외국어 공부를 결심해놓고 1년 뒤에 '참 멋진 계획(일 뿐)이었다'라고 회상하는 것은 특정 능력을 획득하기 위해 일상의 시간을 투자하는 게 그리 녹록지 않기 때문이다. 심지어 효과가 눈에 보이지도 않는 인사이트를 얻기 위해 성찰의 시간을 지속하는 건 더 어렵다.

소심인이 인사이트를 얻게 될 확률이 매우 높을 뿐이다. 이들에게 성찰은 굳이 투자해야 하는 시간이 아닌, 필수적이고 자연스러운 습관에 가깝기 때문이다. 자신의 내면 깊이 들어가 보거나 저 먼 곳으로 상상의 여행을 떠나는 것을 즐긴다. 어제 겪었던 불편과 오늘 느낀 결핍의 연결점은 없는지 따져보기도 한다. 작아진 자신을 천천히 바라보며 위로한다. 그 과정에서 점차 사고가 입체적으로 발달할 수밖에 없다. 자신만의 인사이트를 얻게 된다. 규칙적인 생활 습관을 가진 사람이 다이어트에 성공할 확률이 높은 원리와 비슷하다.

소심인이 빛나는 세상

솔직히 나는 책 제목을 '소심인사이트'로 하면 어떨까 고민했을 정도로, 소심인이 인사이트와 닿아 있다고 생각한다. 인사이트는 새로운 관점, 즉 창조와 연결된다. 그럼에도 많은 소심인의 창조가 실제로 일어나지 않는 것은 그것을 현실에 반영하기 위해 많은 절차와 난관이 필요하기 때문이다. 한 개인을 발현하기 위한 대부분의 사회적 장치들은 대범함을 전제하고 있다. 당연히 소심인은 자신이 가진 세계관을 울타리 내부에 고이 접어둔다. 그것을 꺼내려면 울타리 문을 열고 나가 우악스러운 세상을 설득해야 하기 때문이다.

그래서 조금은 소설 같은 나만의 공상을 적는다. 어쩌면 이미 일어난 현실일지도 모른다. 인지심리학자인 김경진 교수는 "AI(인공지능)가 절대로 못하는 인간만의 능력이 있다면 '모른다'고 답하는 것"이라고 말한다. 우리나라 지하철 7호선의 종점은 AI가 더 빨리 대답할지 모르나, 과테말라의 7번째 수도는 인간이 더 빨리 대답할 수 있다. "모르겠어." 모른다는 이 간단한 대답을 하기 위해 머리 안에 있는 모든 데이터를 검색할 필요가 없기 때문이다. 만약 인간이 AI처럼 사고해야 한다면 "나는 과테말라의 7번째 수도를 몰라"라는 대답을 하기 위해 최소

5년의 시간이 필요하다고 한다. 모른다는 사실을 빨리 판단하는 것이 참 대단한 능력이다.

그런데 이 대단한 능력을 가진 인류는 AI를 통해 '모르는 것의 답을 찾거나 해결하는' 방법도 무서울 정도로 빠르게 간소화하고 있다. 몇 년 전만 해도 5시간 소요됐던 데이터의 처리 속도가 단 1초로 줄었다. 음성 몇 마디로 내가 알고 싶은 정보를 쉽게 찾을 수 있다. 대부분의 장치나 절차는 눈에 띄게 축소되었다. 더 잘하거나 더 아는 것은 앞으로 중요한 능력이 아닐지도 모른다.

우리는 '개인'의 가치가 부각되는 세상으로 가고 있다. 누구나 알 수 있는 것을 나 역시 쉽게 얻을 수 있기 때문이다. 누구나 누리는 것을 나 역시 누릴 수 있다. 따라서 대중의 관심사는 일반적인 사실보다 뭔가 다른 이야기를 들려주는 개인의 이야기로 집중된다. 중앙 송출이 아닌, 각 개인을 주체로 조망하고 그것을 다른 개인과 연결하는 다양한 플랫폼(블로그, 팟캐스트, 유튜브 등)의 발달은 이런 수요 현상을 잘 설명한다. 아직까지 소수에 국한되는 이런 채널들은 점차 모든 개인으로 확장될 것이다. 큰 지면의 일부였던 개인은 점차 각각의 섬이 되고, 그 공간의 가치를 공유하는 방식과 절차 역시 누구나 누릴 수 있을 정도로 쉬워진다. 인류가 해결하지 못한 것을 —별다른 절차 없이― 한 개인이 해결해버리는 일이 발생하기도 한다. 지극히 미세한 '다름'이 더 나은 창조가 되는 세상이다.

이곳에선 한 개인의 인사이트가 자신을 다른 존재로 발현할 수 있는 핵심 요소다. 자연스레 그런 독립적인 시공간에 익숙한 개인이 더 뛰어난 창조자가 된다. 성찰의 시간을 기질적으로 갖게 되는, 늘 그렇게 지내온 소심인이 지금보다 더 중요한 역할을 할 수 있다는 의미이다. 이미 그렇게 되고 있다. 사실 별로 놀라운 일이 아니다. 한 유기체가 진화하듯, 인류도 점차 중요한 가치에 집중하게 되는 것이다. 마치 석유를 대체할 에너지를 찾아 힘쓰듯.

내 공상은 그렇다.
세상은 소심한 당신의 가치를 원한다.
지나온 그 시간의 에너지를.

4부

소심한 처방전

소심인에게 특화된 초능력이 있는 것처럼
소심인이라 더 자주 겪는 어려움이 있다.
소심인만을 위한 소심한 처방전을 소개한다.

가족에게 나타나는 소심함
: 전치

"엄마는 모르면 가만히 좀 있어!"

되는 일도 참 없다고 생각하던 시절, 걱정 서린 엄마의 얼굴에 대고 난데없는 짜증을 뱉었다. 집으로 막 들어서던 길이었다. 취업과 연애 모두 연패 스코어를 쌓아가던, 당시의 여느 일상처럼 어두운 낯빛을 하고.

사실 그 날은 집에 들어서기 전에 몇 가지 사건을 더 겪었다. 아르바이트를 하다가 진상 손님을 만나 전에 없던 수치심을 맛봤고, 집으로 돌아오는 버스에서 얼큰히 취한 아저씨의 과녁이 됐다. 사장님은 이따금 있는 일이니 똥 밟은 셈 치고 툭 털라고 했다. 얼큰 아저씨는 상기된 내 얼굴을 조롱하듯 쳐다봤다. 난 아무 말도 하지 못했다. 그런데 현관문을 열고 익숙한 냄

새와 온도의 집으로 들어서는 순간, 얼굴이 안 좋다며 걱정하는 엄마를 본 순간, 입이 꿈틀거리기 시작했다. 몇 번의 퉁명스러운 대답을 끝으로 짜증이 튀어나왔다.

화풀이 방어 기제, 전치

누구나 한 번쯤은 화풀이를 한다. 다른 어딘가에서 겪은 설움이나 분노를 가까운 누군가에게, 나를 이해해주는 혹은 만만한 이에게, 걱정스러운 얼굴로 안부를 묻는 엄마가 답답해서, 어색하게 위로하는 아빠가 바보 같아서, 세상 편해 보이는 동생이 눈에 띄어서, 그렇게 여러 번 그들에게 화풀이를 했다. 돌아보면 왜 그랬을까 후회하면서도 머지않아 같은 실수를 반복한다. 심리학에서는 이를 '전치'라고 한다.

- 전치(displacement, 치환): 어떤 대상이나 사람에 대한 감정 및 갈등을 보다 덜 위협적인 대상이나 사람에게 향하게 하는 행위

쉽게는 '종로에서 뺨 맞고 한강에서 화풀이한다'라는 속담으로 표현할 수 있다. 드라마 〈미생〉을 보면, 마 부장의 사자후를

맞은 정 과장이 입을 앙다물고 있다가 하 대리에게 짜증으로 푸는 장면이 나오는데, 하 대리는 그런 정 과장의 어깨를 주무른다거나 옹호하며 상황을 모면한다. 그러곤 휴게실로 안영이 인턴을 호출해서 말한다. "야, 너 일 그따위로밖에 못 해?"

일반적으로 전치는 힘의 크기에 따라 나타난다. 힘은 위치의 높낮음을 담보하기 때문에 자연히 높은 곳에선 손을 쉽게 휘젓고 낮은 곳에선 뺨을 맞게 된다. 부하 직원에게 으름장을 놓는 상사, 전화 상담원에게 폭언을 하는 고객, 사장 나오라며 고성을 지르는 손님, 버스 옆자리의 여성에게 막말을 뱉는 남성, 지나는 노인에게 위협적인 태도를 보이는 청소년, 수직적인 조직에서 나타나는 소위 '내리 갈굼' 등의 일상적인 장면부터, 무인 기물 파손이나 묻지 마 폭행까지, 자신보다 약한 대상에게 고통을 해소하려는 모습을 주변에서 어렵지 않게 볼 수 있다. 그리고 그들 모두에겐 더 위협적인 대상이 있다.

그런데 소심인의 전치는 꼭 힘의 구조를 따르지 않는다. 상대가 나보다 힘이 약하거나 나보다 직위가 낮은 만만한 대상이라고 해서 쉽게 화내지 않는다. '못 한다'에 더 가까울지도 모른다. 가까운 관계인 친구나 애인에게도 쉽게 화풀이를 하지 않는다. 그것이 상대에게도 부담이나 고통이 될 수 있다는 생각을 떨치지 못하기 때문이다. 자연스레 전치의 대상은 가족으로 국한된다. 가족이라고 해서 평소에 속 얘기를 편히 주고받는 것은 아니지만, 뭔가 흘러넘칠 때 그나마 드러나는 곳이 집인 셈. 그래서 가족, 특히 부모님에게 이따금 드러나는 전치는 더 깊고 날카로울 수밖에 없다. 참을 만큼 참았다는 뜻이다.

화풀이 사건을 따뜻한 추억으로

이왕 화를 풀 거면 후련하게 지르고 까맣던 속을 청소하면 좋은데, 소심해서 또 그러지도 못한다. 화를 시원하게 풀지도 못할뿐더러, 그런 '사건'이 생기고 나면 나쁘게 대해버린 상대방을 걱정하며 마음을 쓴다. 날 바라보던 표정을 지우지 못한다. 그렇게 말할 수밖에 없었던 자신을 책망하며 여러 번 곱씹는다. 속이 다시 타 들어간다.

화풀이는 나쁜 게 아니라 필요한 것이라고 정의할 필요가 있는 것 같다. 많은 인문학 서적에서 말하는 수용과 인내, 긍정, 운동 등 삶에 대한 좋은 태도들이 있지만, 마냥 다독이며 살기엔 일상이 호락호락하지 않기 때문이다. 종로에서 뺨 맞았는데 한강에 안 갈 수도 없는 노릇이다. 결국 언젠간 화풀이를 할 수밖에 없다. 어쩌면 안전하게 하는 방법이 필요한 게 아닐까.

　안전한 화풀이를 위해서는 '본래 대상과 전치 대상 간 유사성'을 확보하는 것이 좋다고 한다. 예를 들어 부장님으로부터 느꼈던 불만을 아무 말 없는 바위에게 쏟아내긴 어렵다. 하지만 부장님이 그려진 샌드백이라면 얘기는 달라진다. 그림이 실물에 가까울수록 내 주먹은 타이슨의 것으로 진화할 수 있다. 심리치료 방법 중 하나인 '역할 놀이'에서는 상담자가 갈등의 대상이 되어 그와 유사한 주제와 말투를 연기하고 내담자는 그 대상(상담자)에게 자신의 감정을 쏟아내곤 하는데, 이 역시 전치의 순기능 과정 중 일부라고 할 수 있다. 이왕 화를 풀 거면 유사한 대상을 찾아볼 필요가 있다.*

---

* 전치는 사실 순기능이 더 많은 방어 기제다. 방어 기제는 일종의 무의식적 면역 체계로 볼 수 있는데, 어떤 상황으로 위협감을 느끼면 자연스레 발현된다. 적절한 방어 기제는 외부 조건과 나 사이의 갈등을 중재하여 안정적인 생활을 돕는 역할을 한다. 전치 역시 방어 기제의 하나로서, 누군가에 대한 감정을 좀 더 안전한 다른 대상으로 향하게 함으로써 마음의 고통을 해결하는 안전 장치인 셈이다.

유사한 대상을 찾을 수 없다고 해서 방법이 없는 것은 아니다. 소심인은 특히 그런 대상을 찾기가 어려워 결국 가족이나 가까운 지인에게 회귀하게 된다. 그들이 샌드백을 대신해 맞아 준다든가 부장님으로 빙의하여 메소드 연기를 해주기란 어려운 일이다. 하지만 '어떤 일로 기분이 좋지 않은 상태'라는 것을 미리 전하는 것만으로도 상대적 유사성을 확보할 수가 있다. 대부분의 소심인은 사전 정보 전달 없이 입을 꾹 다물고 있다가 이내 화를 내버리는데, 이는 양쪽 모두에게 뜬금없는 사건이 돼버린다. 사전에 나의 상황을 전하며 일종의 선전포고(?)를 하면 서로에게 완충 효과가 생길 수 있다.

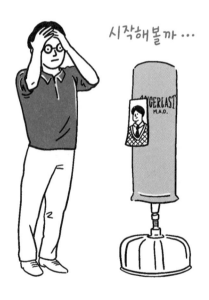

상대방은 자신이 미리 알게 된 상황에 맞게 반응해줄 수 있고 미리 알고 있으니 받는 상처도 덜하다. 좀 더 잘 화내고 좀 더 잘 받아줄 수 있는 셈이다. 그 '화풀이 사건'은 어떻게 준비하고 드러내는가에 따라 따뜻한 추억이 될 수 있다.

언젠가 엄마와 식탁을 사이에 두고 긴 얘기를 나눈 적이 있다. 엄마는 여느 부부처럼 아빠에 대한 불만이 있었는데, 그것을 토로할 곳이 마땅치 않아 묵히고 썩히다가 우연히 밥상 앞의 아들에게 드러낸 듯했다. 식사를 시작하기 전부터 "진짜 왜 그러나 몰라", "못 살아" 하시며 뭔가 심상치 않다는 걸 눈치챌 수 있는 단서를 주셨다. 당시 나는 밥을 다 먹으면 곧장 방으로 들어가곤 했는데, 그날은 미리 마음의 준비를 했다. 이야기는 진전됐고, 평소 감정 절제를 잘하는 엄마도 점차 고양되셨다. 나는 그날, '근사하고 의젓했으며 아내를 항상 위해주었던, 수십 년 동안 큰 갈등 한 번 일으키지 않았던 남자, 하지만 최근 들어 쉽게 불편함을 드러내는 조금 낯선 당신, 얄미운 남편' 나의 아빠가 되어 엄마의 못다 한 이야기를 대신 들었다. 여러 그릇이 바닥을 드러낸 후에도 이야기꽃은 끊이질 않았다. 엄마가 나에게 만들어준, 소중한 추억이다.

연인에게 나타나는 소심함

: 투사

"어느 누구도 타인을 소유할 수 없으므로 누가 누구를 잃을 수 없다. 진정한 자유를 경험한다는 건 이런 것이다. 세상에서 가장 소중한 것을, 소유하지 않은 채 가지는 것."

-파울로 코엘료, 《11분》中

소심인의 대부분은 울타리를 갖고 있다. 울타리 밖에 존재하는 사람들에게 별다른 피해를 주지 않고, 그렇다고 딱히 대단한 도움을 주지도 않으며 살아간다. 그 분명한 경계의 안쪽으로 사람을 들이는 데는 긴 시간이 걸리는데, 누구든 일단 울타리 안쪽으로 들어온 이상 소심인의 애정을 받게 된다. 그것이 실제 행동으로 나타날 때도 있지만, 드러나지 않는 여러 상황 속에서도 울타리 내부는 보기보다 후끈하다.

소심인은 울타리 내부에 있는 사람 중 극히 소수를 집 안으로 들인다. 엄청난 경쟁률을 뚫고 그 높은 울타리를 넘어 그 두꺼운 현관문까지 열고 들어온 그 존재를 연인, 단짝, 소울메이트 혹은 '베프(베스트 프렌드)'로 칭하며 감춰뒀던 자신을 꺼내기 시작한다. 울타리 밖으로 드러내지 않았던, 울타리 안의 마당에서도 차마 망설였던 일상의 모든 에너지를 모아 전심을 쏟는다.

그래서인지 소심인의 연애는 기대와 달리 매끄럽지 못한 경우가 많다. '정신 차려보니' 모든 걸 걸게 만들어버리는 존재, 때론 치열한 전투가 필요한 연애의 민낯, 이따금 대범하게 다가서거나 멍하니 흘려야 하는 사랑의 시간 속에서 우왕좌왕 호랑나비 춤을 춘다. 타인에 필요 이상으로 개입하지 않는 일상, 가까운 이들에게도 자신을 드러내지 않던 습관 탓이다. 누구와도 그토록 갈등을 겪어본 적이 없고 마음을 빼앗겨본 적이 없다. 눈을 감고 호흡을 길게 뱉어도 아른거리는 그 존재를 어떻게 대해야 할지 몰라 망설이다가 면전에 재채기를 해버리고는 후회한다. 자신에게 나타나는 뜻밖의 모습에 실망한다. 그러곤 다시 유치한 말을 뱉어버린다. 아차 싶으면서도 그렇게 된다. 짝사랑에 익숙할지언정, 연애엔 미숙하다.

나의 생각을 던지는 태도, 투사

방어 기제의 한 종류인 '투사'는 연인 관계에서 나타나는 소심함을 잘 설명하는 개념이다.

- 투사(投射, Projection): 불쾌한 원인, 받아들이기 힘든 충동의 원인이 (자신 내부에 있는 것을 알더라도) 외부에 있는 양 인식하고 반응하는 것

이는 단어의 의미 그대로 '나의 생각을 (외부의 어떤 존재에게) 던지는 태도'를 가리키는데, "날씨가 덥다. 냉면 먹고 싶지 않니?"와 같은 가벼운 권유부터 강요, 원망, 자격지심, 질투, 의심, 집착까지 인간관계의 많은 상황에 적용될 수 있다. 쉽게 말해 내가 생각하는 것을 타인에게도 반영하는 행위다.

연인 관계의 투사는 대범인보다 소심인에게 더 자주 나타나는데, 따지고 보면 그럴 수밖에 없다. 소심인은 섬세하고 분명하기 때문이다. 모든 걸 이해할 수 있는 수준으로 정리해야 하는 성향 탓에 때때로 엉성하고 불분명하게 심화되는 연애의 현상들을 자신의 경험이나 가치 체계 속에 맞춰 넣으려는 시도를 한다. 상대는 어떤 존재인지, 뭘 좋아하는지, 언제 가장 빛

나는지, 우리가 왜 만나고 있는지, 상대가 내 어떤 모습을 좋아하는지, 혹은 내가 어떤 장면에서 상대를 서운하게 하는지, 어떻게 해야 내가 원치 않는 행동을 상대가 안 하는지, 다 알 것 같은데 묘하게도 다툴 일이 생기고 서운해진다. 이따금 그(녀)는 내가 싫어하는 행동만 골라 하는 것 같다. 이전까진 어떤 결과가 예측 가능한 수준에서 나타났는데 더 이상 그렇지 않다는 사실에 당황하며, 소심인은 그것을 이해하고 타개하기 위한 사색을 시작한다. 생각의 꼬리는 다시 머리를 물고, 늘 그랬듯 홀로 분투한다. 신중하게 뱉은 말이 예상치 못한 결과를 불러올 때면 다시금 그 이유를 곱씹으며 더 깊은 생각의 장으로 들어간다. 괜한 말로 또 갈등을 만들까 싶어 묻지도 따지지도 않고 참 열심히도 고민한다. 그만큼 투사의 계기는 늘어난다.

투사는 상대방에게 반영하는 생각의 종류에 따라 주로 '자신의 가치, 현상에 대한 태도, 사건의 원인' 세 가지로 나눠볼 수 있다.

1) 자신의 가치
내가 생각하는 스스로의 가치를 상대방에게 반영하는 것. 가치의 수준이 너무 낮거나 높을 경우 '자격지심'이나 '교만'으로 나타날 수 있다. 가령 내 가치를 낮게 여기는 경우, 타인의 사소한 행동이 나를 무시하기 때문이라고 생각할 수 있다. 반대로 내 가치를 높게 여기는 경우에는 감히 날 극진하게 대하지 않는 상대방에게 분개하기 쉽다. 요는 자신에 대한 판단이 아닌, '상대방도 나에 대해 그렇게 판단할 것'이라는 생각의 반영이다.

2) 현상에 대한 태도

상대방도 특정 장면에서 나와 같은 태도나 감정을 가진다고 생각하는 것. 가령 내가 이성에 대한 관심이 많기 때문에 혹은 그런 일들을 주변에서 많이 봐서 상대방도 그런 유혹에 흔들릴 수 있을 거라고 생각하는 경우가 이에 해당한다. 내가 쉽게 해결할 수 있는 문제나 어려움을 상대방도 해결할 수 있을 것으로 기대하는 경우도 마찬가지다. 의심이나 집착, 실망감 등으로 나타날 수 있다.

3) 사건의 원인

특정 사건이나 결과의 원인이 상대방에게 있다고 생각하는 것. 주로 부정적인 결과에서 자주 나타난다. 책임 전가, 보상심리 등이 이에 해당한다. 예컨대 연인 관계에서 들리는 "너 때문이야", "어떻게 이제 와서 나한테 이럴 수 있어?"라는 말이 여기에 해당한다.

소심인은 위의 3가지 중에서 연인에게 자신의 가치와 관계 (현상)에 대한 태도를 자주 투사하는 편인데, 이는 자신의 가치를 높게 평가하거나 관계에 대해 긍정적인 태도를 가질 때는 문제 되지 않는다. 대범인의 경우, 스스로의 가치가 높아지면 교만해지는 경우가 있다. 날 귀하게 대하지 않는 상대방에게 그래선 안 된다고 호통을 친다. 관계에 대한 태도도 마찬가지다. 상대가 자신보다 덜 적극적이거나 일상을 부정적으로 대하는 것을 견디지 못하고, 익숙지 않은 태도를 강요하거나 실망감을 쉽게 드러내곤 한다.

내가 자꾸 왜 이러는지 모르겠어…
미안해.

그러나 소심인은 이 경우에 오히려 관계를 잘 이끈다. 겸손한 기질 때문에 스스로를 높게 평가해도 상대를 평가절하하지 않는다. 관계 자체를 긍정적으로 바라볼 때는 상대방이 나를 원망하거나 삶을 부정적으로 대하더라도 오히려 받아들이며 보살피려고 한다.

문제는 반대의 경우, 즉 자신의 가치가 낮게 느껴지거나 관계가 불안하다고 여길 때 나타난다. 이 두 가지 현상을 잘 나타내는 일반적 용어는 자격지심과 집착이다.

자격지심, 스스로를 미흡하게 여김

대범인은 타고난 기질 및 에너지로, 자격지심이 생겨도 필요 이상으로 고뇌하지 않는다. 관계에서의 숙제 또는 이겨내야 할 장애물 정도로 바라보며 그 위기를 곧잘 넘기곤 한다. 혹 자신이 너무 부족하게 느껴지면 애인에게 쉽게 털어놓기도 한다. 나 잘할 수 있겠지? 나 어때? 이상했어? 괜찮지? 나 별로야? 아니지? 그렇지? 그래, 힘낼게!

그러나 소심인은 잘 묻지 않는다. 상대방의 평소 행동이나 나를 대하는 태도, 표정, 말투, 뉘앙스 등을 살피며 자신에 대한 판단을 가늠한다. 얼마 전 나에게 고민을 토로한 남성 역시 같은 상황을 겪고 있었다. 혹여 묻고 싶더라도 상대가 '정말 그렇게' 답해버릴까 봐 몇 번을 삼켰다고 한다. 어느 날 결심이 서슬쩍 자신에 대해 물었지만 원하는 대답을 듣지 못했다. 그녀는 이 남성의 불안 자체를 공감하려 하거나 더 잘 해낼 수 있는 방법을 알려주는 등 (당연하게도) 일반적인 반응을 보였고, 이는 곧 원치 않는 갈등으로 이어졌다. 그는 자신의 질문이 갈등이 된 이유를 모르겠다고 했지만 답은 사실 간단하다. 그녀에겐 뜬금없는 질문인 데다, 심지어 —"넌 정말 괜찮은 사람이야"라는 식의— 자기만의 답이 정해져 있었기 때문이다. 한 번에 원하는 답을 얻기란 어려운 일이었다.

그러나 그의 입장은 달랐다. 애인이 자신을 별 볼 일 없게 여기지 않는다면 갈등도 일어나지 않았을 것이라 생각했다. 그는 생각을 바꾸거나 더 이상의 대화를 하려는 의지가 없어 보였다. 여러 상황들을 나열하며 자신의 판단을 공고히 했다. 시간이 흘러 나름의 결론을 내고 입을 열었다. 그녀가 날 좋아할 이유가 없는 것 같아요.

집착, 어떤 것에 늘 마음이 쏠려 잊지 못하고 매달림

집착이 생기는 것은 내가 관계 자체에 몰입되어 그것이 무너질까 불안하게 바라보고 있기 때문이다. 혹여 주변에서 다른 이성 때문에 와해되는 커플이라도 보게 되면 그 그림자가 이 근처에도 올까 노심초사한다. 이는 연애 상대가 대범인일 때 더 심해진다. 대범인인 그(녀)는 자신의 행동을 내가 이해 가능한 수준으로 설명할 수 없기 때문이다. —그럴 필요성도 사실 느끼지 못한다.— 눈에 잡히지 않는 상대를 잡기 위해 소심인은 탐정이 되어 추리를 시작하고, 상대는 용의자가 된다. 관계를 파괴하는 사건들을 나열해놓고 그 기준에 따라 행동을 살피는데, 만남의 빈도, 사소한 동작이나 표정, 다른 사람을 대하는 눈빛, 갈 필요 없어 보이는 모임, 연락의 흔적 등 모든 것이 사건의 단서가 된다.

차라리 그때그때 물어보지, 딱히 묻지도 않는다. 각 상황마다 태그를 붙이며 사건 파일을 점차 고도화한다. 그 검증되지 않은 단서들은 내 불안을 완전히 없애거나 혹은 확증하기 위해 점차 '분명히 존재하는' 것이 된다. 스스로 만든 논리의 체계 속에서 명확한 결론이 형성될 때쯤 상대가 피할 곳 따위는 없다. 정확한 타이밍에 일격을 날린다. 그런데 상대가 할 수 있는 말은 하나다. 결론이 맞고 틀리고의 문제가 아니다. 그걸 왜 지금 얘기해?

이따금 실눈을 뜬다

사실 소심인이 투사를 자주 하는 것은 그들이 가진 좋은 면모 때문이다. 소심인은 겸손하다. 관계를 자기 자신만큼 소중히 여긴다. 불만을 바로 말하지 않는다. 먼저 상대방을 배려하고 이해하려 노력한다. 그(녀)가 가진 시선을 통해 내 존재와 세상의 가치를 바라보는 일을 중히 여긴다. 신중하게 선택한 만큼, 아낌없이 집중할 뿐이다.

솔직히, 잘 모르겠다. 나 역시 연애에 능숙하지 않은데 이런 주제를 다루는 것 자체가 모순이다. 다만 시간이 흐르며 한 가지 의문이 짙어졌다. 그래서 내 방식은 옳았을까? 아니, 옳고 그름을 떠나 그것이 관계를 유지하는 데 효과적이었을까?

젊은 시절, 나는 스스로 만든 관계의 틀을 상대에게 선물했다. 이것은 꽤나 훌륭하고 견고했기 때문에 그 기준에 맞지 않는 상황들은 배척하고 해결하려 노력했다. 이따금 나 자신이 바보 같고 상대의 반응이 예상을 벗어났지만, 관계를 지키기 위해 최선을 다했다. 그런데 이상하게도 먼저 지친 건 나였다. 그 피로의 원인을 상대에게 따졌다. 내가 만든 '우리'의 고귀함을 호소했다. 이 완벽한 세계에서 왜 이 작은 규칙조차 지키지 못하고 망가뜨렸냐고 몰아붙였다. 나 정말 많이 참았다고 외쳤다. 상대는 말을 잇지 못했다.

당시엔 내가 옳기 때문에 말을 잇지 못했다고 생각했다. 그런데 돌아보니 착각이었다. 관계를 망가뜨린 건 나다. 옳고 그름을 떠나 효과적이지 않았던 것이다. 내가 만든 '우리'는 그저 내 것이었을 뿐, 견고한 만큼 상대방에겐 부담스러운 요새였을지 모른다. 어느덧 추억의 조각들은 상대를 가늠하는 단서가 되었다. 그것들을 무기 삼고 말았다.

이런 생각이 남아 있다. 연인은 내가 지난 세월 동안 면밀하게 구축한 법칙이나 논리를 채워주는 존재가 아니라는 것. 귀히 여긴다고 해서 나 자신의 일부로 소유할 수 없다는 것. 내 의지와 무관하게 상대방과 나, 우리는 그 자체로서 독립적으로 존재하며 흘러간다. 신중하게 선택하고 온 맘을 다하는 건 내 이야기일 뿐이다. 그(녀)는 내가 아니어도 스스로 충분히 빛나는 인격체. 그 자체로 소중하다.

이따금 실눈을 뜬다. 여전히 소심한 나는 관계에서 나타나는 모호한 현상을 그저 인정하고 바라보기 쉽지 않다. 그것들이 서로 얽히고설켜 잘잘못을 따져봐야 할 때쯤, 눈을 감는다. 실눈을 뜨고 멍하니 바라본다. 그것은 내가 이해할 수 없는, 어쩌면 이해할 필요가 없는 당신과 나, 우리 둘만의 '새로운' 이야기이기 때문이다. 기존의 틀로 해석하려는 시도는, 소중한 빛을 내 좁은 서랍 안으로 욱여넣는 짓일지 모른다.

　농담 한 스푼 보태면 소심인이 바람둥이가 되기란 여간 어려운 게 아니다. 연애의 기술 따위 없을뿐더러 그 많은 에너지를 여러 명에게 할애한다는 것 자체가 도전이기 때문이다. 바람둥이가 꼭 연애를 잘한다고 보긴 어렵지만, 관계의 현상을 그 자체로 인정하고 관망하는 그들의 태도는 (적어도 그렇게 보이는 모습은) 소심인에게 필요한 부분이기도 하다. 대학원 시절, 수업시간에 들었던 교수님의 말씀이 오래도록 남아 있다.

　"서로 꽉 껴안는 관계가 과연 좋을까요? 여기 연애 고수들은 알지도 모르는데 오래 안고 있으면 허리 아파요. (웃음) 자, 이렇게 손바닥을 마주 대고 서로 몸의 중심을 살짝 기대보세요. 상대가 더 잘 보여요. 체온도 전달되고요. 막 안기거나 열심히 호소하지 않아도 나에게 기대고 있는 게 느껴지죠? 그런데 오히려 편안해요. 우리 참 힘들게 만났잖아요. 소중한 서로를 바라보고 이렇게 느끼고 의지하며, 편안하게, 긴 세월 각자 존재하는 것. 그게 사랑 아닐까요?"

자신에게 나타나는 소심함
: 불안

이따금 소심과 불안이 마치 하나의 단어인 것처럼 가깝게 느껴진다. 일반적으로 '소심한 사람'이라고 하면 나서기를 꺼리고 가까운 관계나 자신에게 무슨 일이 생기지 않을까 신경이 곤두서 있으며, 사소한 결정에도 고민과 걱정을 반복하는 듯한 이미지를 갖기 때문이다. 심지어 사실이다. 이는 불안에서 비롯된다. 나는 불안하다.

내 중심이 베팅되어 있는 큰 선택부터 점심 메뉴와 같은 작은 선택까지, 불안은 일정하게 존재한다. 그것이 나에게 적합한 선택일지, 예상치 못한 문제는 없을지, 선택하지 않은 것이 정답은 아닐지, 혹은 어제저녁에 매운 음식을 먹었는데 오늘 점심에도 먹으면 배탈이 나진 않을지 걱정하고 고뇌한다. 그밖에도 인생에서의 새로운 사건을 겪을 때, 중요한 사람을 만날 때, 노력한 일의 결과를 기다릴 때, 날 소개할 때, 약속 시간에 늦을 것 같을 때 등 불안의 계기는 발에 치이게 많다. 참 피곤한 성격이 아닐 수 없다.

소심인의 행복을 다룬 연구에서는 이들이 심리적으로 안정될수록 더 행복감을 느낀다고 말한다. 그만큼 자주 불안하다는 뜻이고 소심인들 대부분은 이 사실을 체득해서 잘 알고 있다. 작은 자극이나 변화에도 쉽게 각성된 경험이 많기 때문에 스스로 안정될 수 있는 환경을 일상에 배치하고 관리하고자 한다. 이는 '소심족'의 적응과 생존에 당연한 전략이라서 딱히 그 정도를 가감해야 한다거나 개선할 필요가 있는 것은 아니다. 우리는 늘 불안에 시달리며 그것으로부터 벗어나기 위해 노력한다.

그럼에도 알고 있어야 할 사실이 있다. 불안은 지속될 수 없다는 것. 불안에 무뎌지는 것만큼 슬픈 일도 없다는 것.

정서를 결정하는 2차원 공간

인간의 정서는 신체적 상태인 '흥분-차분'과 정신적 상태(기분)인 '좋음-나쁨'이 교차한 사분면에서 현 상태가 어디에 위치하는지에 따라 결정된다. 예컨대 '흥분/나쁨'에 위치하면 분노, '차분/나쁨'은 우울, '흥분/좋음'은 환희, '차분/좋음'은 행복인 셈이다. 이를 도식화하면 아래와 같다.

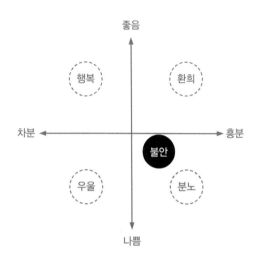

앞서 언급한 연구 결과처럼 소심인은 쉽게 불안을 느끼며 그것을 '행복'이라는 차원으로 이끌어가기 위해 좀 더 차분하고 기분 좋은 상태의 환경을 찾는다. 그런데 이런 노력은 일상 속에서 일어나는 단발적인 불안에 효과적이지 않을 수 있다. 우리는 왜 불안으로부터 벗어나길 희망하면서, 한편으로는 공포영화나 놀이기구를 통해 스릴을 체험할까. 정서는 갑작스레 큰 변화를 겪으면 본래의 상태로 회귀하려는 성질이 있기 때문이다. 공포감을 통해 불안의 어떤 지점으로 이동되면 반대편으로 일정량 돌아가게 되고, 그 과정에서 '정서가 (다시) 좋아지고 있다'고 느낄 수 있다.

마찬가지로 불안을 갑작스레 행복(기분이 좋고 안정적인 상태)으로 끌어올리면 그만큼 강한 반대 인력을 감당해야 한다. 일상에서의 불안을 행복의 경계로 무리해서 옮기면 기존 상태로 회귀하는 과정에서 '더 불안해지는 듯한' 느낌을 받게 되는 셈이다. 사실 일상 대부분의 불안 장면에서는 행복한 상태로 가는 것 자체가 쉽지 않다.

그런데 아주 작은 변화만으로 불안에서 벗어나는 방법이 있다. 가까우면서도 전혀 다른 국경의 반대편으로 슬쩍 넘어가는 것이다. '설렘'을 소개한다.

불안은 지속될 수 없다, 설렘이 있는 이상

- 설레다: 마음이 가라앉지 아니하고 들떠서 두근거리다.

다음 페이지의 그래프를 보면 설렘은 '약간 흥분/약간 좋음'에 위치한 정서라고 볼 수 있다. 그런데 그 위치가 참 모호하고 오묘하다. '좋음-나쁨'의 경계선 바로 위에 있기 때문이다. 단어 자체로만 보면 행복이나 환희보다 더 젊고 기분 좋은 느낌인데, 따지고 보면 아랫동네의 '불안(약간 흥분-약간 나쁨)'과는 대문 열면 보이는 이웃사촌이다. 이 때문에 설렘은 기분이 조금만 나빠져도 불안으로 바뀌는 정서라고 할 수 있다.

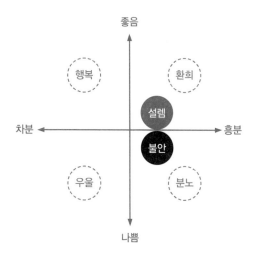

이는 반대로 불안한 상태에서 '실수로라도' 기분이 좋아지면 설렘으로 바뀔 수 있다는 의미다. 또한 차원이라는 것은 '이쪽'이 존재하기 위해 반드시 '저쪽'이 존재해야 하므로, 어쩌면 이둘은 각각의 덩어리가 아닌 하나의 눈사람일지도 모르겠다.

정서는 한 곳에 머물지 않고 이쪽과 저쪽을 반복적으로 오가므로, 내가 일상에서 느끼는 불안의 최소 절반가량은 설렘일 수 있다. 그럼에도 소심인 대부분은 자신이 느끼는 설렘을 불안으로 착각하곤 한다. 내가 아무리 노력해도, 불안은 지속될 수 없다는 사실을 기억할 필요가 있다. 불안을 체감하는 그 시간 속에서도 사실 설렘의 경계를 오가고 있는 셈이다. 우리의 일상은 그렇게 설렘과 불안의 경계에서 새로운 순간들을 받아들이고 있다.

불안을 설렘으로 바꾸는 법

스릴과 불안은 차이가 존재한다. 스릴은 불안에 비해 물리적·시간적 경계가 분명하다. 공포영화나 놀이기구는 끝나는 시점이 존재하며 당사자가 그 사실을 알고 있다. 그래서 우리는 좀 더 자연스럽게 그 시간의 불안(스릴)을 받아들일 수 있다. 만약 일상에서의 불안도 끝나는 시점을 지각할 수 있다면, 우리는 그것을 일종의 스릴처럼 받아들일 수 있지 않을까.

일상에서의 불안은 예상치 못한 순간에 자주 찾아온다. 대부분은 이 상태에서 호흡이나 스트레칭 등 저마다의 방법으로 컨트롤을 하며 그 상태를 '차분하게' 바꾸려고 한다. 내 몸에서 나타나는 심장 박동, 열기, 떨림 등 다양한 각성 상태를 진정시키려고 하는 셈이다. 그런데 신체적 상태는 '차분 → 흥분'으로 이동하는 것은 쉽지만, 그 반대는 쉽지 않다. 시간이 없다면 잘 될 가능성은 더 희박하다.

하지만 정신적 상태를 '나쁨 → 좋음'으로 바꾸는 건 의외로 쉽다. (긴장된 일을 앞두었거나 알 수 없는 불안이 찾아올 때) 그저 기분이 좋거나 행복했던 일을 회상하기만 하면 된다. 요는 불안이 소거의 대상이 아니고 그럴 수도 없다는 것이며, 쉽게 안정시킬 수 있다는 의미도 아니다. 불안과는 다른 종류의 각성 상태로 가기 위함이고, 그 차이를 인식하게 되면 이후부터는 종이 한 장 차이인 불안과 설렘의 경계를 왕래할 수 있다. 이를 위해서는 '무조건적 존중Unconditional regard'과 '자기효능감self-efficacy'에 대한 기억이 효과적이다.

무조건적 존중은 말 그대로 별다른 조건 없이 지지받는 것을 의미한다. 내가 실패하거나 형체를 알아볼 수 없을 정도로 묵사발이 돼도 나를 그 존재 자체로 존중해줄 수 있는 대상. 그 대상이 자신의 마음을 나에게 표현한 경험이 해당된다. 가령 친척들 앞에서 재롱을 피웠던 경험, 내가 무슨 짓을 해도 지긋이 바라봐주는 연인의 눈빛, 내가 큰 실수를 하고 낙심할 때 '뭐 다 그렇게 사는 거지'라며 술잔을 건넸던 친구의 얼굴 등 무엇이든 내 인생의 가장 존중받았던 순간을 떠올리면 된다. 심장은 더 빨리 뛸지언정, 다른 공간으로 이동할 수 있다.

무조건적 존중의 경험이 없다면 자기효능감을 느꼈던 경험도 효과적이다. 이는 '과제를 끝마치고 목표에 도달하는 자신의 능력에 대한 스스로의 평가'라는 의미로, 쉽게는 '성공 경험'으로 달리 말할 수 있다. 꼭 대단한 목표가 아니어도 좋다. 녹초가 된 몸으로 졸린 눈을 비비며 숙제를 끝내고 잠을 청한 기억, 몇 개월간 알바를 하고 원하는 물건을 샀던 기억, 긴장됐지만 성공적으로 끝냈던 발표의 기억 등 내 삶에서 의미 있는 성공 경험이 모두 해당된다. 대중적으로 자주 언급되는 자존감보다는 자기효능감이 스스로에 대한 긍정적 기대를 고양하는 데 효과적이다.

무엇보다 현재 나의 정서 상태가 정확히 어떤지 알아보려는 노력이 필요하다. 정서는 자연스럽게 발현되거나 변화하는 상태라서 스스로 따져보기 전까진 알 수 없기 때문이다. 설렘이란 마치 첫사랑이나 첫 직장 등 뭔가 특별한 사건에 따른 선물인 듯 인식되어 있는데 사실은 그저 기분이 적당히 좋으면서 각성된 상태이다. 내가 지금 느끼는 이 긴장 상태가 설렘은 아닐지, 따져볼 필요가 있다.

불안에 무뎌지는 것만큼 슬픈 일도 없다

"모든 일에 초연하면 그게 나무지, 사람이야?"

술자리에서 평소 존경해온 상사에게 불안에 대해 토로한 적이 있다. 프로젝트의 완료일이 얼마 남지 않았고, 남은 시간 동안 잘 마무리될지, 결과 보고를 어떻게 준비할지, 발표를 잘할 수 있을지 등에 대한 것이었다. 그가 내 말을 곰곰이 듣고 있다가 말했다. 우리는 나무나 돌이 아니라 사람이라고, 불안과 낙심이 우릴 움직이게 한다고. 행복한 바람은 서서 맞고, 움직일 때는 불안하게 가자고.

불안을 설렘으로 바꾸는 이야기를 했지만 솔직히 불안 자체도 나쁘다고 생각하지 않는다. 수많은 걱정과 긴장, 불안했던 순간들이 있어서 나는 더 뿌리 깊은 설렘과 행복을 알게 되었다.

나는 불안하다. 그래서 더 설렌다.

처방전 1단계
: 우울할 땐 햇볕을 쬐며 걷는다

이런 뻔하고 뻔뻔한 제목을 정하기에 앞서 몇 번을 망설였는지 모른다. 강행한 것은 그만큼 중요하다고 생각했기 때문이다.

우울은 누구에게나 다가올 수 있다. 일이 뜻대로 되지 않을 때 '나 오늘 우울해'라고 쉽게 표현하기도 한다. 일종의 감기와도 같기 때문에 대부분의 사람들이 알고 있고 또 않고 있다고 인식된다. 하지만 그만큼 대부분의 사람들이 잘 모르고, 잘 모르기 때문에 키우기 쉬운 것이 우울일지도 모르겠다. 특히 '우울증'은 대중적인 인식에 비해 더 심각하고 위험한 질환이다. 경험해보지 않은 사람은 이해하기 어려울 정도로 혼자서는 이겨내기 쉽지 않다. 감기와 폐렴의 대처가 다르듯 우울증 역시 지나치거나 고민하지 말고 병원이나 전문의를 찾아가는 것이 중요하다.

소심인에게 우울이란 살면서 한 번쯤은 거치는 장마와도 같다. 차분함을 유지하던 태도가 (불쾌한 기분이 지속될 경우) 우울한 상태를 견인하기 쉬운 탓이다. 평소 생활 환경상 한번 우울에 빠지면 나오기가 쉽지 않다. 소심인이 선호하는 조용하고 정적인 시간은 우울이 장기간 서식하기 적합하기 때문이다. 의도적으로 기분을 고양하는 것도 이들에겐 쉽지 않은 일이다.

그래서 잘 알고 예방하는 것이 중요하다. 그 실체와 예방법을 공유한다. 이 글은 내 의견이 없는 순전한 정보 공유의 장임을 고백한다. 아, 의도는 있다. 꼭 실천하길 바라는 마음.

우울한 것과 슬픈 것은 다르다

일반적으로 '우울'과 '슬픔'을 동일 선상에 두곤 한다. 하지만 두 상태에는 큰 차이가 있다. 슬픔은 감정이다. 가령 애절한 영화를 보며 눈물을 쏟아낸다거나 친구에게 슬픔을 고백하는 것만으로 일종의 해소가 가능하며, 그 이면에는 기쁨을 담고 있다. 비 온 뒤에 날이 개듯 슬픔 뒤에는 어느 정도의 기쁨이 수반된다.

하지만 우울은 사고思考에 가깝다. 그런 생각을 버리거나 바꾸지 않는 한 해소하기 어려운 상태라고 볼 수 있다. 우울증을 의지에 따라 벗어날 수 있는 선택적 상황으로 보는 경우가 있는데, 이는 옳지 않다. 우울증은 뇌의 시냅스에서 일어나는 화학 작용을 포함하기 때문이다. 뇌에서 사고를 관장하는 전두엽, 본능과 수면 등을 담당하는 변연계의 기능이 떨어져 생기는 신체적 질환이다. 무기력함이 동반되고, 그런 경험이 반복되면서 자신의 기본적인 능력에 대한 판단이 변화한다. 점차 스스로 통제할 수 있는 것들이 ―세수와 같은 간단한 일조차― 줄어든다고 여긴다. 우울증 검사 문항에 '아무것도 하지 않음'이 포함되어 있는 이유가 이와 같다. 이 때문에 우울한 상태가 지속되는 상대에게 '생각을 바꾸면 된다'거나 '당신만 힘든 게 아니다'라는 식의 대화는 도움이 되지 않는다. 그것이 하나의 질환이고, 낫기 위해서는 효과적인 접근이 필요하다는 인식이 중요하다.

우울을 예방할 수 있는 쉽고 효과적인 방법은 산책과 여행, 두 가지다. 이 두 가지는 공통점이 있다. 안 해본 이는 많아도 한 번만 하는 이는 적다는 것이다. 그만큼 개인이 체감할 수 있는 긍정적 효과가 높다. 심지어 우울을 밀어내는 백신이나 다름없으니, 안 해볼 이유가 없다.

햇빛이라는 치료제

핀란드의 높은 자살률은 북유럽 최고의 복지국가라는 타이틀을 무색하게 한다. 먹고살기 좋은 그곳에서 자살이 일어난다는 것 자체가 아이러니하지만, 이러한 현상은 우울의 화학 작용을 잘 설명한다. 그곳의 일조 시간이 짧고 흐리기 때문이다. 햇빛을 만날 수 있는 시간이 적다.

'우울할 때는 맑은 하늘을 보라'는 문구는 이제 더 이상 새로운 게 아닐지도 모른다. 햇빛은 그만큼 우울을 걷어내는 데 중요한 요소다. 일산백병원 정신건강의학과에서 우울증 환자를 대상으로 진행한 연구에 따르면 아침형 인간에 비해 저녁형 인간의 자살 위험이 2배 이상 높은 것으로 나타났다. 이는 생활의 규칙성을 포함하여 인간도 식물처럼 광합성이 중요하다는 것을 알려주는 결과다. 햇빛(적외선, 가시광선)은 뇌 속의 세로토닌과 멜라토닌 분비를 증가시키는데, 단지 그것을 쬐는 것만으로도 우울한 증상을 호전시킬 수 있는 셈이다. 이 때문에 북유럽에서 우울증을 겪는 사람들은 집 내부에 '인공 빛 장치'를 두고, 하루 중 일정 시간을 의무적으로 쐬고 있다. 말하자면 치료 도구로서 햇빛을 활용하고 있는 것.

대한민국에서 인공 빛 장치를 치료 목적으로 집에 두고 사는 사람은 없을 것이다. 문 열고 나가면 빛이 있으니까. 하지만 이 작은 나라가 자살률 세계 1위를 기록하고 있다는 것은 그만큼 삶이 고단하고, 햇살과 교감할 정도의 여유가 없다는 의미일지도 모르겠다. 다른 나라에서는 돈 주고 사야 하는 자연의 빛을 우리는 공짜로 하루 수 시간 누릴 수 있음에도, 그러지 못하고 있다.

'내'가 움직이면 '뇌'도 움직인다.

우울증에 대한 다양한 얘기들을 접하다 보면 이것이 '점점 더 움직이지 않게 되는 병인가?'라는 생각이 들곤 한다. 우울증의 가장 대표적인 증상은 무기력함이다. 앞서 설명한 바와 같이 뇌의 화학 작용 감소에 따라 내 행동 능력도 낮아지는 원리다. 고로 햇빛 효과는 뇌의 화학 작용을 증가시켜서 행동을 증가시키려는 시도라고 볼 수 있다.

그런데 이와 반대의 접근도 가능하다. 우리는 흔히 '생각을 해야 행동한다'라고 알고 있지만 최근 심리학, 뇌과학 등을 비롯한 여러 분야의 연구에선 '어느 것도 한쪽만 작용하는 것은 없다'라는 관점이 지배적이다. 사람의 뇌가 머리에만 있는 게 아니고 몸속에도 있다는 의미다. 가령 문제가 잘 안 풀릴 땐 몸을 어떻게 움직이는가에 따라 결과가 달라질 수 있다.

미국 일리노이 대학교의 알레한드로 레라스 교수가 이를 증명하기 위한 간단한 실험을 했다. 강의실 천장에 밧줄 두 개를 매달고 서로 연결하는 과제를 학생들에게 냈는데, A집단에게는 정답과 근접한 양팔 운동을 하면서 과제를 풀어보라고 했고, B집단에게는 정답과 반대되는 한 팔 운동을 하면서 풀어보라고 했다. 그 결과 A집단 학생들이 문제를 풀어낸 경우가 40%나 많았다.

이러한 결과는 단순한 '행동'이 나의 생각, 즉 뇌의 작용에도 영향을 미칠 수 있다는 의미다. 풀리지 않던 고민이 가벼운 스트레칭으로 갑자기 해결되는 경우가 있는데 이와 유사한 효과로 볼 수 있다. 단지 움직이는 것만으로 우울한 상태를 밀어낼 수 있는 셈이다. 짧게는 10분, 더 짧게는 10초라도 움직이려는 시도가 중요하다. 그러나 우울증이 심할 때는 움직임 자체가 쉽지 않은 것이 사실이다. 컨디션이 좋을 때 나에게 좋은 동작을 미리 연습해두고 기계처럼 반복하는 것도 효과적이다. 이조차 쉽지 않다면 주변에서 (억지로라도) 움직이도록 돕는 것도 하나의 방법이다.

가까운 산책에서 먼 여행으로

앞서 언급한 두 가지 효과를 한 방에 누리는 방법이 있다. 햇살 아래 산책이다. 햇빛으로 뇌의 작용이 증가하는 동시에 움직임의 빈도도 증가하니, 양쪽에서 서로 부지런히 영향을 미치게 되는 셈이다. 효과로만 보면 우울이 금방이라도 씻겨 날아갈 것 같다. 마치 감기약을 먹고 한숨 푹 자는 것처럼.

산책이라는 평범한 활동을 이토록 오랫동안 풀어서 이야기한 것은, 말은 쉽지만 실제로 행하기는 생각보다 어렵기 때문이다. 최근 일상을 떠올려보면 내가 산책에 소홀했다는 것을 어렵지 않게 알 수 있을 것이다. 이 글을 통해 산책의 위대함이 실감되었길 바란다. 꼭 우울해서가 아니더라도, 내가 그것을 체감하지 못했더라도, 예방하는 차원에서 가벼운 산책을 일상에 넣기를 추천한다.

햇살 아래 움직임이 좋으니, 그런 시간이 지속되는 여행이야말로 가장 강력한 예방주사라고 할 수 있다. 여행이라고 해서 꼭 여러 사람들과 왁자지껄 갈 필요는 없다. 소심인에게 적합한 '조용한 여행'이 인간의 두뇌를 더 나은 상태로 변화시킨다는 연구 결과가 있다. 전반적인 심리 상태가 증진되고 삶의 목표 등에 대한 생각이 명확해진다. 그런데 이러한 효과를 얻기 위해서는 넉넉한 시간과 자연환경, 두 가지 조건이 충족돼야 한다.

넉넉한 시간이 중요한 것은 시간이 충분해야 좀 더 도심으로부터 멀리 떨어진, 자연으로 둘러싸인, 야생의, 유명하지 않은 장소로 갈 수 있기 때문이다. 일상이나 도심으로부터 멀어지는 게 중요하다는 의미이다.

자연환경(숲)은 주변의 모든 인상이나 자극의 주인이 오롯이 내가 되기 때문에 '불필요하게 생각하는 것'을 멈추어주는 역할을 한다. 전문가들은 "부정적인 생각에 대처하는 가장 좋은 방법은 두뇌의 스위치를 내리는 것"이라고 말하는데, 자연환경이야말로 뇌를 리셋하기에 최적의 장소인 셈이다.

조용한 여행의 효과를 증명하는 실험은 그 외에도 많다. 가령 조용한 숲 속에서 약 1시간 동안 걷게 하자 모든 실험 참여자의 '전전두피질prefrontal cortex' 활동이 감소했다. 전전두피질은 뇌에서 정신질환이나 고통을 담당하는 영역인데, 일상에서는 잠시도 쉬지 않고 타오르던 그곳을 단 한 시간 만에 소강시킨 셈이다. 누군가와 수다를 떨거나 위로를 받거나 상담을 한 것도 아니고, 단지 그곳에서 시간을 보냈을 뿐이다.

움직임, 산책, 여행. 구슬 서 말을 적었다. 꿰는 건 개인의 몫이다. 이 글은 오늘이 그날이 되길 바라는 마음의 덩어리다. 지금이라도 이 책을 내려놓고 스트레칭을 하길 바란다. 문을 박차고 걸어 나간다면 더 좋다. 여행이 가고 싶어졌다면 더할 나위가 없다.

처방전 2단계

: 자기만의 유머를 발휘한다

"소금 값이 올랐나…?"

어느 날 아침 밥상에서 아버지께서 하신 말씀이다. 그 의미를 이해하는 데 다소 시간이 필요했다. 웃으며 소금을 꺼내주시는 어머니의 모습을 볼 때쯤, 그것이 국의 싱거움에 대한 표현이라는 것을 알 수 있었다. 아버지는 "국이 왜 이렇게 싱거워?"라는 말 대신 소금의 가치를 언급하며 의사를 표현하셨다. 먼저 일어나 밥을 차려준 아내가 불쾌하지 않게. 앞으로도 무사히 아침밥을 얻어먹기 위해.

우울의 반대말은 행복이나 기쁨보다는 '유머'가 아닐까 싶다. 우울은 짧막한 감정이 아닌 지속적인 생각이나 상황인 데 비해 행복이나 기쁨은 상대적으로 단발성의 정서이기 때문이다. 우리의 삶이 녹록지 않은 탓도 있다. 드라마와는 달리 무한히 반복되는 일상 속에서, 때론 영화보다 더 영화 같은 사건으로 일상마저 파괴되는 삶 속에서, 유머는 우리를 좀 더 따스한 곳으로 이끌어주는 중요한 아군이다.

유머의 사전적 정의는 '남을 웃기는 말이나 행동'인데, 심리학에서는 좀 더 깊은 의미를 담고 있다. 성숙한 방어 기제 중하나로, 고통스럽고 불안한 상황을 웃음으로 승화하는 것을 포함한다. 우울이 단순히 '슬픈 감정'이 아니듯, 유머 역시 그저 '웃기는 행위'가 아닌 셈이다. 유머는 삶을 대하는 태도의 일환이며, 실제 상황에 대한 이해와 공감이 수반되어 있다. 우스운 일만 웃기게 뱉는 것이 아닌, 어려운 일, 힘든 경험, 슬픈 사건 모두에 나름의 시각을 갖고 그것을 자신만의 방식으로 표현하는 것이다. 그래서인지 수준 높은 유머는 웃는 것에서 끝나지 않고 그 내면에 있는 숙명적인 슬픔이나 연민도 느낄 수 있게 한다.

"유머는 기분이 아니라 세계관이다."
–떼이야르 드 샤르댕

부장님 개그의 비밀

미국 심리학자 데이비드 시베리David Seabury는 "좋은 유머는 성격의 특성이 아니라, 연습이 필요한 예술"이라고 했다.

"가장 가난한 왕이 뭔 줄 아세요?"

"아… 모르겠습니다."

"최. 저. 임. 금."

유머의 연습 사례를 찾다가 문득, 얼마 전 접했던 부장님 개그가 떠올랐다. 다양한 듯 한정된 패턴의 소재로 내 안면 근육의 유연성을 시험하는 그것. 부장님들은 유머의 사전적 정의처럼 단순히 웃기려고 이런 시도를 하는 것일까. 어쩌면 유머의 비밀은 부장님 개그에 숨어 있을지도 모른다. 삶에 대한 연륜과 이해가 담겨 있기 때문이다. 그런 시도들이 자신의 삶에 미쳤던 영향, 일상을 좀 더 유연하게 만들었던 경험들, 후배들도 그런 순간들이 쌓이길 바라는 맘에 그렇게 서툰 농담을 하게 되는 건 아닐지.

"최저임금요…? 아… 하하."

"기운 없어 보여서 해봤어요. 힘내시고!"

중요한 것은 유머가 사전적 정의처럼 '남을 웃겨야만' 성공하는 게 아니라는 점이다. 진지한 태도보다 더러 우스꽝스러운 몇 마디가 더 나을 때가 있다. 실제와는 다른 표현으로 그 현상을 대하는 것만으로도 현재의 불안과 고통을 덜 공격적으로 느끼고 더 유연하게 넘어갈 수 있도록 돕기 때문이다. 개그맨이 아니어도, 누구나 편하게 할 수 있는 셈이다. 그런 의미에서 '부장님 유머'라는 말이 더 적합할 수도 있겠다(그래야 억지로 안 웃어도 되니까).

아재 개그여도 현재의 불안과 고통을
유연하게 넘길 수 있다면.

나 역시 바쁜 일상이 반복되어 피로가 쌓일 때 "와, 우리 아
직 살아 있네요? 신난다!"라고 동료에게 말하곤 한다. 그러면
그는 "그러게요. 오늘은 유독 신나네요"라든가 "아마 내일쯤은
신나서 죽지 않을까요"와 같은 말로 답하곤 한다. 하하하 웃는
건 아니지만 그 짧은 대화만으로도 서로에게 오가는 긍정적인
영향이 느껴진다. "아, 진짜 너무 힘드네요", "휴. 내일은 또 어
쩌나"와는 다르다.

어린아이 같은 쉽고 자연스러운 태도

직원 중에 소고기를 유독 좋아하는 사람이 있다. 키가 크고
우람한 외형에 비해 말수가 적고 조용한 소심인. 그가 화를 낸
다거나 큰 소리로 말하는 모습을 보긴 굉장히 어려운 일이다.
항시 정해진 수준의 볼륨, 정돈된 모습을 보일 뿐이다.

"오늘 소예요?"

그런데 저녁에 회식이 있다거나 특히 그 메뉴가 소고기일
때, 그 눈은 평소와 다르게 반짝인다. 고요했던 입가가 미묘하
게 실룩이면서 전에 없던 익살스러움이 피어나곤 한다. 꼭 회
식이 아니더라도 점심 메뉴에 소고기가 있다는 것을 알았을
때, 더 이상 젓가락이 머물지 않는 안주에서 소고기를 골라 먹

을 때, 심지어 소고기와 관련된 얘기를 할 때도 여지없이 드러난다. 그 얼굴은 장난기 가득한 어린아이의 것이 된다.

"유머는 유아기의 놀이적 마음 상태로 돌아가게 하는 어른들의 해방감"

-지그문트 프로이트

유머는 어려운 기술이 아닌, 쉽고 자연스러운 태도이다. 다른 사람에게 반드시 특정 의미가 전달되어야만 하는 게 아니다. 관심 있고 소중한 것을 대할 때의 설렘, 평소와 다른 표정, 숨기지 못해 드러나는 기쁨. 이 모든 것이 나 스스로에게, 때론 그것을 보는 타인에게도 유머러스한 경험이 될 수 있다. 그 직원은 날 웃기려고 하지 않았다. 그럼에도 소고기를 먹을 때면 그 표정이 떠오르며 나도 모르게 미소 짓게 된다.

인생을 좀 더 나은 것으로 만든다

소심인은 유머를 자주 시도하지 않는다. 그래서인지 재미없고 따분한 사람이라는 인식이 있다. 편견일 뿐이다. 나는 유머러스하지 않은 소심인을 본 적이 거의 없다. '타인을 잘 웃긴다'

는 의미가 아니라, 그들 대부분은 나름의 독보적인 시각을 갖고 있다. 대화의 맥락이나 비유, 복선에 대한 이해력이 매우 높고, 그것을 재배치하여 응용하는 수준도 훌륭하다. 섣불리 시도하지 않을 뿐이다. 내가 뱉는 어설프고 함축적인 유머도 항상 알아챘다. 알아듣지 못하고 딴소리를 하는 사람들 틈에서 자신이 이해하고 있음을 눈빛으로 알려준다. 마치 외계어를 주고받는 것처럼 나름의 상징적 단어로 돌려주기도 한다. 이따금 분위기가 편안해지면 꽤 재밌는 농담을 들려준다.

한번은 대범한 여직원 한 명이 "나는 남친을 자유롭게 풀어주는 편"이라며 뭘 해도 이해해줄 수 있다고 했다. 그 자리에 있던 사람들은 그녀의 쿨한 연애 방식에 놀라며 허용의 한계를 가늠할 수 있는 질문들을 던졌다. 'PC방에서 밤새 게임하는 거 괜찮아요? / 네, 괜찮아요', '나이트 가는 것도 괜찮아요? / 당연하죠', '친구들끼리 여행 가는 것도 이해해요? / 그럼요, 경험해보는 것도 좋으니까' 등과 같은 문답이 이어졌다. 그 광경을 가만히 바라보던 소심인 한 명이 나름의 질문을 이어 붙였다.
"아, 그럼 혹시 장가간다고 하면요?"
그가 웃기려고 했는지 혹은 진짜 그 범위가 궁금해서 질문했는지는 모르겠다. 그곳의 모든 사람이 심장이 아플 정도로 웃었던 기억이 있다. 소심인은 유머러스하다.

유머는 소심인으로서의 내 인생을 좀 더 나은 어떤 것으로 만드는 데 중요한 역할을 했다. 나에게 유머란 타인을 좀 더 유연하게 대하는 요령이자, 스스로를 다독일 수 있게 도와주는 친구이다. 불안을 해소하는 안정제가 되기도 하고, 나를 좀 더 나은 사람으로 보이게 하는 환각제를 뿌려줄 때도 있다. 어색한 공기를 만드는 아재 개그로 끝날 때도 있지만, 어쩌다 한 번은 상대방과 함께 그 순간을 웃어넘기는 성공적인 경험을 하게 된다. 유머러스한 사람과 대화하면 내 삶이 좀 더 풍족해지는 기분이 든다. 내 어설픈 농담으로 웃는 이를 보면 행복감이 치고 들어온다. 그만큼 유머는 내 삶의 원동력이다. 그리고 이 모든 건 운 좋게도 내 아버지가 유머러스한 사람이기 때문에 알 수 있었다. 아버지로부터 받은 선물을 다른 소심인에게도 전하고 싶은 맘이다. 당신도 유머와 함께할 수 있다고.

어느 날 친구가 너무 싱거운 소리를 끝도 없이 해서 참다못해 한마디 했다.

"아, 혹시 소금 값이 올랐어?"

처방전 3단계
: 하고 싶은 말은 한다

나에겐 무용담이 있다.

1) 미용실

우연히 마주친 내 얼굴에 적잖이 놀랐다. 거울을 너무 오랜만에 본다는 사실에 처음 놀랐고, 수분을 잃은 오징어가 썩은 미역을 걸치고 있는 듯한 몰골에 한 번 더 놀랐다. 이대로 방치하다간 날 마주하는 사람들의 기분까지 해칠 것 같아 큰맘 먹고 근처 미용실을 찾아갔다. 미용사의 마술에 힘입어 변모의 시간을 보내고 나면 인간으로 돌아갈 수 있을 것이라 기대했다.

결론적으로, 나는 미용실에서 기대와 다른 경험을 했다. 미용사인 그녀는 퉁명스러웠다. 내가 정확히 어떤 스타일을 원하느지 묻지 않고 "보통 많이 하는 스타일로 해드릴게요"라는 말과 함께 자신만의 길을 갔다. 중간에 뭔가 물어본 것 같았는데 내가 듣지 못하고 "네?"라고 되묻자 말을 잇지 않았다. 파마약이 이마로 내려와서 "여, 여기 흐르는 것 같은데요"라고 하자, 사과도 없이 정체를 알 수 없는 젖은 헝겊으로 약을 걷어냈다. 왠지 마술이 제대로 진행되지 않는 것 같은 예감에 마음이 편치 않았다. 그리고 결정적인 사고가 났다. 그녀는 나를 의자에 앉혀둔 채로 어떤 마감 처리도 없이 중화제를 뿌리기 시작했다. 오른쪽 이마를 타고 액체가 빠르게 흘러내렸다. "여기, 흐르는데요." 정체불명의 헝겊 등장. "여기 왼쪽에도 흘러요." 헝겊 등장. 목 뒤로도 차가운 액체가 내려오고 있는 게 느껴졌다. 내 옷에 곧 닿을 참이다. 오징어가 중화제 줄기로 덮이기 시작할 때쯤 그녀는 아차 싶었는지 나를 머리 감는 곳으로 안내했다. 난 얼굴을 타고 내린 액체를 바닥에 뚝뚝 떨구며 좀비처럼 그녀를 따라갔다. 역시나 사과는 없었다.

돌아봤을 때 아마도 미용사는 그날 제정신이 아니었던 것 같다. 뭔가 개인적인 사건이 있었던 게 분명하다. 그렇지 않다면 처음부터 끝까지 그렇게 일관적으로 대충 하지 않았을 것이기 때문이다. 살가운 태도까진 바라지도 않지만, 미용사로서의 최소한의 태도나 역할도 결여된 느낌이었다. 결정적으로 난

두 눈에 중화제 테러를 당해 한동안 눈을 뜨지 못했다. 불편했고, 불쾌했고, 황당했다. 하지만 그 장면에서 뭔가 말하진 못했다. 썩은 미역이 드센 넝쿨로 변한 것을 확인했을 때도 마찬가지다. 앞으로 이 머리로 어떻게 살아갈지 막막했지만, 미간 근육을 미세하게 움직이며 조금이나마 불만을 전달한 게 전부다. 돈을 내고, 감사하다고 인사하고, 집으로 왔다.

뭔가 잘못되고 있는 것 같은데…

2) 대학원 강의실

왜 성악이 아닌 심리학을 했을까 의문이 들 정도로 그 선배의 목소리는 굵고 웅장했다. 강의실엔 같은 전공을 하는 석·박사생이 모두 모여 있었고 분위기는 삭막했다. 성악가 목소리의 그는 '최근 기강이 많이 해이해진 것 같다'며, 선배들을 보면 90도로 크게 인사를 하라고 했다. 무슨 병영캠프도 아니고, 인사 같은 기본적인 태도를 굳이 90이라는 친절한 수치까지 들어 강조하는지 이해할 수 없었다. 그는 이 외에도 기강을 확립하기 위한 몇 가지 행동수칙을 늘어놓았다. 단호하고 강한 어조였다.

"할 말 있는 사람은 지금 하도록."

말을 꺼낸 사람은 없었다. 나 역시 여러 생각이 들었지만 침묵을 유지했다. 굳이 나에게 물어본 것도 아닐뿐더러 솔직히 무섭기도 했다. 그는 별다른 반론이 없는 것을 확인한 후 강의실을 나갔다. 이어서 다른 선배 연구원들의 '같은 내용 다른 목소리'가 이어졌다. 역시 이견은 없었다.

3) 사무실

업무의 윤곽을 막 파악해가던 시절, 부장님의 불호령을 맞았다. 그는 평소 고요했던 사무실이 더 숨죽일 만큼 크게 소리를 지르며 나를 나무랐다. 내가 왜 혼나는지 판단하기 어려울

만큼 파도는 거셌다. 다만 파도의 원인이 내가 아니라는 것 정도는 알 수 있었다. 부서 간 업무 흐름의 구조적인 문제였고 그대로 답습하던 나는 그것을 조정하기 위한 상징적 대상이 된 셈이었다. 파도는 내가 맞았지만, 메시지는 부서 간의 신경전이었다.

당황하여 어렵사리 입을 뻐끔거렸지만 불난 집에 석유통을 던지는 꼴이었다. 그는 대부분의 관리자가 그렇듯 일의 과정이나 맥락, 오해의 여지보다는 결과에 집중했다. 나는 붉어진 얼굴을 몸통 끝에 간신히 매단 채 그의 거친 낱말들을 받아낼 수밖에 없었다.

소심인의 말솜씨는 그리 유창하지 않다. 특히 즉각적인 대처가 필요한 경우엔 더 그렇다. 분위기까지 경직되면 덩달아 입술과 턱도 돌덩이가 된다. 불쾌감을 표현하는 것도 어려운 일이다. 그것이 상대에게 괜한 상처를 주진 않을까 신경 쓰이기 때문이다. 결국 대부분의 상황에서 말을 아끼거나 혹은 뱉지 못한 채 지나쳐버린다. 그 상황이 지난 뒤에야 홀로 곱씹거나 앓는 일이 부지기수. 이미 지나버린 일이니 굳이 말을 꺼내서 긁어 부스럼을 만들 필요도 없다. 상대방의 입장에서 다시 헤아린다거나 절친에게 토로하는 정도가 소심인이 나름의 아쉬움을 해소하는 방법이다. 다만 이따금, 해소는 될지언정 해결은 되지 않는 일들이 있다. 같은 장면이 반복되고, 상대가 던지는 해소할 거리는 점점 더 많아진다. '내 성격에 문제가 있는 건가?' 생각될 때까지.

문제는 없다. 전혀 없다. 소심인의 방법은 너무 자연스러운 것이어서 잘못되었다거나 개선해야 할 과제는 아니다. 그저 상대가 무례할 뿐이다. 굳이 말을 하지 않아도 알 수 있는 기본적인 개념들을 모른 척하고 있을 뿐이다. 내가 말을 하지 않았기 때문에.

'하고 싶은 말은 한다.' 이 문장은 내가 소심인에게 가장 '하고 싶었던 말'이다. 하고 싶은 말이 있다면, 내가 할 수 있는 시점에, 할 수 있는 방법으로, 하면 된다. 무용담은 여기서 끝나지 않는다.

1-1) 미용실을 다녀온 후

집으로 와서 그 미용실에 전화를 했다. 핸드폰 건너편의 목소리를 향해 나는 하고 싶은 말을 했다. 오늘 그곳에서 어떤 서비스를 받았는지, 누구에게 받았고 그 과정이 어땠는지 상세히 말했다. '그 장면에서는 당황해서 말하지 못했지만 사실 많이 불쾌했다'고 전했다. 딱히 시원하게 화를 낸 것도 아니고 조리 있게 말하지도 못했다. 그저 내가 겪은 일과 귀가하면서 정리한 생각을 나열했다.

점원은 감정을 모아 사과했다. 시간이 될 때 오면 다시 해주겠다고 한다. 나는 그러지 않겠다고 했다. '이제 그곳에 가지 않을 것'이라는 나름 매서운 말과 함께 마지막 대사를 뱉었다. "앞으로 다른 손님에겐 그렇게 안 했으면 해요."

2-1) 강의실을 나와서

조교실로 돌아와서 선배 연구원들에게 메일을 썼다. 내용은 대략 이렇다.

[무례가 되는 걸 알지만 용기 내 메일을 쓴다. 이곳엔 억지로 끌려온 사람이 없다. 좀 더 심도 깊은 연구를 위해 자신의 시간 및 금전적 비용을 들여온 사람들이라고 생각한다. 나는 사실 이런 식의 소집과 그 분위기에 많이 당황했다. 알려주신 규칙은 충분히 숙지하겠다. 그런데 우리가 한 분야에 동기화된 집단인 만큼 좀 더 부드럽고 긍정적인 방법이 있었다고 생각한다. 선배에게 인사하고 동료들을 잘 챙기는 건 참 좋은 행동인데, 그걸 경직된 분위기 속에서 알게 되는 건 개인적으로 무서운 경험이었다. 다음부터는 좀 더 편안한 분위기 속에서 서로가 의견을 나누고 싶다.]

'보내기'를 누르기 전에 몇 번이나 다시 읽었고 누를지 말지도 망설였지만, 결국 보내고 말았다. 다행히 선배 연구원들은 내 메일의 내용을 어느 정도 수용해주었다. 그는 "그 방법이 가장 수월하다고 생각했는데, 다음엔 좀 더 나은 방법을 고민해보겠다"라고 답했다. "말 꺼내기 어려웠을 텐데 알려준 점은 고맙다"라는 말을 더했다.

3-1) 회의실에 가서

부장님에게 메시지를 보냈다. 드리고 싶은 말씀이 있는데 혹시 회의실에서 잠깐 뵐 수 있느냐고 물었다. 얼마 뒤 그가 회의실로 들어왔다. 마른 입을 조금씩 움직이며 미리 양해를 구했다.

"제가 드리고 싶은 말씀이 있어서 이렇게 자리를 마련했는데, 사실 저는 이런 얘기를 꺼내는 게 어려워서 중언부언하더라도 이해해주셨으면 좋겠습니다."

그리고 솔직히 얘기했다.

"아까는 사람도 많고 당황스러워서 제가 제대로 답변을 드리지 못했던 것 같습니다. 일단 문제가 되는 상황을 만든 것 같아 진심으로 죄송합니다. 그런데 제가 이해하고 있는 업무 프로세스 자체가 상충하는 부분이 있어서 걱정입니다. 아까 말씀하신 대로 업무를 진행하면 디자인 부서 담당자와 매번 갈등 상황을 겪게 되는 것 같습니다. 이 포지션의 실무자가 저와 같은 경험을 다시 하지 않고 좀 더 효과적으로 발현될 수 있는 환경을 만들고 싶습니다. (중략) 솔직히 아까의 경험은 저에겐 쉽게 털기 어려운 것입니다. 제가 부족한 부분이 있다면 가능하신 선에서 좀 더 부드럽게 알려주시면 앞으로 더 효과적으로 일할 수 있을 것 같아요. 도와주시면 감사하겠습니다."

사람이 적고 조용해서인지 좀 더 적극적으로 내 의견을 말할 수 있었다. 부장님은 의외로 내 구구절절한 얘기를 경청해주었다. 그런 식으로 표현해서 미안했다고 사과했다. 좀 더 나은 방법을 찾아보자고 격려도 했다.

편안한 시점에 익숙한 방식으로 표현하는 것

내 나름의 무용담이다. 게다가 지난 일을 적다 보면 나만의 해석이 들어가게 되니 1.5배 정도 과장됐다고 보면 된다. 그럼에도 이 일화의 끝은 그다지 드라마틱하거나 멋지지 않다. 난 다시 서비스를 받기 위해 당당하게 미용실에 가지 못했다. 선배 연구원들에게 받았던 메일 내용과 달리, 튀어나온 못이 되어 대학원 생활이 순탄치 않았던 것도 사실이다. 부장님에게 뱉었던 이야기들은 그저 잘 모르는 신입 직원의 넋두리 같은 게 되었다.

그럼에도 이 이야기는 나에게 중요한 사건이다. 과정과 결과 모두 어설펐지만, 어쨌든 나는 메시지를 던졌고 그 영향이 점차 크게 나타난다는 것을 체감했기 때문이다. 마치 소심인의 변화처럼 천천히, 나에게 긍정적인 결과로 다가왔다. 현재 나는 회사에서 부서 간 업무의 시점과 크기를 조율하고 정리하는 역할을 한다. 직원들의 컨디션을 체크한다. 나처럼 갑작스러운 파도에 따귀를 맞거나 부당한 처리 방식에 홀로 애태우는 직원은 현저히 줄었다. 이런 내 역할을 능력이라고 칭하며 인정하고 의지하는 고마운 사람들이 있다.

난 그다지 크게 난리 치거나 애쓴 게 없다. 그저 내 방식대로 천천히 조금씩 표현했을 뿐이다. 글로, 가까운 사람과의 대화에서, 혹은 술이나 분위기에 기대어 익숙한 시점에 생각과 가치를 꺼냈다. 그 빈도가 잦은 것은 아니었지만, 생각만 하던 것을 어떤 방법으로든 전달하다 보니 시간이 흐르며 현상의 모양이 많이 달라지는 것을 경험했다.

다가오는 시대는 온라인과 오프라인의 경계가 더 모호해질 것이다. 정보의 가치가 실물 가치와 깊이 연계되고, 우리는 좀 더 감각적으로 온라인상의 관계망을 경험하게 될 것이다. 직접적인 말이 아닌 글로 자신의 생각을 표현하거나, 다른 방식의 채널로 내 메시지를 전달하는 것은 더 이상 '예외적인' 방법이 아니다.

CNN의 프로그램 팀장인 킴 브이는 회의가 끝나면 이메일을 통해 그 연장선의 커뮤니케이션 통로가 있음을 참여자들에게 알린다. 회의에 참여했던 직원들은 회의 때 말하지 못했던 아이디어나 의견을 그 채널로 전한다. 이는 소심인인 그녀가 성공적인 결과를 내는 비결 중 하나이다. 그녀는 말의 타이밍이나 양보다 질이 중요하다는 것을 알고 있었다.

하고 싶은 말을 가둬둘 필요가 없다고 한 번 더 강조하고 싶다. 위협을 감수하고 나를 가로막는 벽을 부수며 도전하라는 게 결코 아니다. 그게 대범인만큼 근사하지 않아도 된다는 의미이다. 말귀를 못 알아듣는 척하는 사람은 있어도 못 알아듣는 사람은 거의 없다. 원한다면 혹은 답답하다면, 편안한 시점에, 익숙한 방식으로 좀 더 표현하고 꺼내도 괜찮다. 그 과정이 좀 못나도 괜찮다. 그냥, 해볼 수 있다. 소심한 방식 그대로. 괜찮다, 정말.

이 책도 내가 하고 싶은 말을 전하려는 나름의 방법이 아닐까 싶다. 난 대범인들 앞에 가서 "어허 이 사람아, 그건 오해야. 당신이 소심인에 대해 뭘 알아? 소심인은 말이지!" 하고 말할 자신은 없다. 내 방식대로 펜을 들었을 뿐이다.

아직 무용담은 끝나지 않았다.

(5부)

소심해서 도망치는 글

당신 안에 혼돈을 품고 있어야 합니다.
그래야 춤추는 별을 낳을 수 있습니다.

- 니체

우리는 서로가 필요하다

내향성을 다룬 책들은 "어. 좋은 성격이긴 한데, 음… 그래. 이 부분을 좀 개선해볼래?"라고 얘기하곤 한다. 그렇게 대단한 성격이면 그 자체로 두면 되는 게 아닌가. 인정한다면서 왜 더 개선된 존재를 가정하는 것일까.

이해는 안 되지만 이유는 있다. 내가 살아가는 현실은 소심함을 찬양만 한다고 해결되지 않는, 그렇게 삼키며 살아가야 하는 일상과 난해한 사건이 분명히 존재하기 때문이다. 그곳의 타인들은 소심함의 가치를 이해하지 못한다. 내 방식을 기다려주지 않는다. 우리에겐 융화라는 숙제가 존재한다.

〈집단 토론의 성과에 대한 연구〉 결과, 소심인이나 대범인만으로 구성된 집단보다 두 성향이 혼합된 집단에서 더 긍정적인 효과가 나타났다. 그 토론장에서 소심인이 얼마나 많은 말을 했을지는 의문이지만, 적어도 뭔가 함께하고자 할 때 소심인끼리 모이는 것보다는 대범인과 함께하는 것이 더 낫다는 결과다. 왜일까. 당연해서 뱉기도 민망한 얘기지만, 서로 다르기 때문이다.

달라서 메운다

소심인과 대범인에게 어려운 문제를 풀게 하는 실험을 했더니 대범인은 빠르게 시작하고, 포기하는 경향도 높았다. 포기후에 그 시간을 다른 것에 할애했다. 소심인은 풀기에 앞서 많은 시간을 사용했다. 대신 더 많은 인원이 포기하지 않고 정확하게 문제를 풀어냈다. 소심인이 어려운 문제를 잘 풀어서가 아니라 실험 맥락에서 각자 성향에 맞게 상황을 선택한 것이다. 이런 선택은 개인적 관점에서 보면 저마다의 판단과 원인, 결과가 있다. 하지만 각 성향이 모였을 때를 생각하면 조금 달라진다. 개인을 넘어 집단이 될 때, 그들이 가지는 약점이 증폭되기 때문이다.

앞의 실험 결과처럼 대범인은 문제를 해결할 때 빠르고 간

편하게 접근하여 정확성보다는 속도감을 낸다. 당연히 실수의 빈도가 높으며, 상황이 너무 어렵다 싶으면 포기도 빠르다. 이들끼리 하나의 목적으로 모인다면 머지않아 저마다 다른 생각을 하고 있을 가능성이 높다. 곳곳에 구멍이 뻥뻥 뚫려 있는가 하면 본연의 목표나 동기는 증발해버린 후다. 반대로 소심인은 행동을 취하기 전에 오래 생각한다. 정보를 충분히 분석한 후에야 시작하며, 그만큼 정확하고 오래 버틴다. 그러나 제한된 상황이나 예측 밖의 변수에 약하다. 이들로 구성된 집단은 겉으로는 우아하고 의젓해 보이지만, 갑자기 상황이 바뀐다거나 시간의 압박을 받으면 반쯤은 전원이 꺼지고 남은 반은 오들거리고 있는 것을 보게 된다. 총체적 난관.

문제는 실제 삶 속에서 집단에 주어지는 과제에는 시간 및 사회적인 압박이 존재할 수밖에 없다는 것이다. 그 제한된 상황 때문에 구성원에게는 하나의 분명한 역할만 요구할 수가 없다. 초기엔 누구나 두 가지 이상의 역할을 맡게 되며, 그중 좀 더 잘하는 것으로 점차 두각을 나타내곤 한다. 그런데 대범인의 경우 이 초기 적응 속도가 매우 빠르다. 기본적으로 소심인에 비해 과부하 걸린 정보를 잘 처리하기 때문에 여러 역할에 대한 수용력이 높다. 특히나 소심인은 자기반성에 대한 시간 할애가 필수적이다. 개인의 인지 능력을 100으로 가정할 때,

소심인은 그중 30 정도를 자신을 위해 남겨두는 반면, 대범인은 90 이상을 임무에 투자할 수 있다. 대범인이 빠르게 적응하고 반응하며 목표의 달성을 위해 달려가는 동안 소심인은 좀 더 분석하고 고민할 수 있는 시간을 버는 셈이다.

그러나 중기에 접어들고 각자의 몫이 어느 정도 명확해지는 시점이 오면 소심인의 역할이 부각된다. 실험에서 많은 인원이 정확하게 문제를 풀어낸 것처럼, 그들은 대범인이 과감하게 치고 나간 전장의 흔적을 깔끔하게 복원하거나 유지한다. 목적의 달성 자체보다는 일어나는 과정에 집중하기 때문에 좀 더 효과적인 방법들을 찾아낸다. 하나의 목표가 안정적으로 달성되기 위해선 두 성향이 상호 보완할 수 있다는 의미다. 우리는 늘 대범인에게 신세를 지고, 대범인은 늘 우리의 보이지 않는 덕을 본다.

이러한 일종의 시너지는 비단 업무나 과제 맥락에서만 나타나는 것이 아니다. 가령 사회적인 관계가 형성되는 장면에서도 두 집단의 특성은 다르게 나타난다. 대범인끼리 모인 집단은 초반부터 화합이 잘되고 활기 넘치지만, 서로에 대한 사소한 배려가 유지되지 않거나 실망감을 드러내는 빈도가 높아 지속적으로 유지되는 관계의 수가 감소한다. 소심인끼리 모인 집단은 일단 초반부터 화합을 일으키기가 어렵다. 관계의 크기가 삼삼오오 분산되어 전체적인 관계의 형태가 달라지기 쉽다. 물론 각각의 관계는 지속성을 갖는다.

그러나 두 성향이 모두 존재하는 집단에서는 빈 공간에 큰 돌을 먼저 넣고 이후에 고운 모래를 밀어 넣는 것처럼 좀 더 탄탄한 관계가 성립된다. 대범인이 사회성이나 공동체 의식을 기반으로 초반 분위기를 만들고, 소심인은 이에 수동적으로 반응하며 관계의 화합에 편승한다. 개인 간 벽이 어느 정도 허물어진 후에는 소심인이 좀 더 배려하거나 오해를 풀고 갈등을 중재하며 전체적인 관계가 더 안락하게 유지될 수 있도록 돕는다.

달라서 끌린다

다름에서 오는 이런 시너지를 차치하더라도, 두 성향은 묘하게 서로 끌릴 때가 많다. 나에게 없는 것들을 상대는 갖고 있기 때문이다. 예컨대 한쪽이 주로 말을 하면 한쪽은 들어줄 수 있다. 학급에서 대범인과 소심인에게 상대에 대한 느낌을 질문하면 아래와 같은 대답을 하곤 한다.

- 대범이: "잘 들어주는 소심이가 좋아요. 고민이 있을 때 얘기하면 쭉 듣고는 한두 마디로 해결책을 제시해주죠. 들어보면 아 내가 그걸 왜 몰랐지 싶은 것들인데, 소심이와 얘기하면서 해결이 되곤 해요. 때로는 내 얘기들에 대해 되묻는 것만으로도 제가 뭔가 잘못 생각하고 있었다는 것을 알게 되기도 해요."

- 소심이: "대범이와 만나면 뭔가 먼저 제안하거나 시도하면서 내가 생각할 수 있는 시간들을 줘요. 이따금 대범이의 선택에 끌려가긴 하지만 나도 딱히 대안이 있는 것은 아니어서, 그런 경험이 나쁘진 않아요. 무엇보다 그가 재밌게 이것저것 얘기하는 것을 듣고 있는 게 좋아요."

솔직히, 우린 서로에게 끌린다.

그렇게, 한 발짝 도망치면서

이 책을 쓰기 시작할 때, 대범인 '따위' 신경 쓰지 않기로 했다. 그렇게 1년에 걸쳐 소심인을 찬미하는 글을 적었다. 말미인 이곳에서 대범인과의 융화를 다룬다. 소심해서 그렇다.

소심인은 나처럼 겁이 많다. 걱정이 많다, 정도로 순화할 수도 있겠다. 우리는 늘 관찰하고 기다린다. 그러나 만약 인류가 소심인으로만 구성되어 있다면 지금보다는 더 진화하지 못했을 것이고, 큰 위협이 다가왔을 때 대처하지 못해 멸망했을지도 모른다. 그 순간에도 걱정하고 관찰하며 망설였을 테니까. 그러나 대범인으로만 구성되었다고 살아남을 수 있는 것은 아니다. 조용하고 천천히 다가오는 치명적인 바이러스가 있었다면 대범인들은 눈치채지 못했을 것이다. 우리는 상대가 가지지 못한 면을 채워주는 조각이다.

서로가 필요하다.

나는 이따금 대범하다

음식점의 주문 벨이 참 고맙다. 몸 깊은 곳에서부터 에너지를 끌어모아 "여기요!"를 할 필요가 없기 때문이다. 그 고함으로 불특정 다수가 나를 보는 일이 사라진다. 하지만 모든 음식점에 주문 벨이 있는 것은 아니다. 이런 경우 누가 주문할 용자인지에 대한 눈치 싸움이 시작된다. 나는 조금은 과감하게 '그것을 내가 하겠노라' 청하곤 한다. 그런데 "여기요!"를 외치는 것은 아니다(못 한다). 그저 종업원이 볼 때까지 손을 들고 있다. 그 역시 누군가의 이목을 끌지 모르지만, 나는 음식을 주문해야 한다. 기세 좋게 '여기요, 저기요, 이모님, 사장님'을 하기 어려울 뿐이다.

일정 시간이 지나면 종업원이 내 손을 보고 턱과 눈썹을 치키며 다가온다. 메뉴판을 움켜쥐고 기다린다. 그가 도착하면 평소보다 조금 더 크게 또박또박 주문할 음식을 얘기한다. 본래 톤으로 말하면 메뉴명을 두 번 세 번 말해야 할지도 모른다. 주문을 성공적으로 끝낸다. 그러고 나면 이내 다른 소심인의 눈빛이 느껴진다. 저 사람, 꽤 외향적이네. 그렇다. 나는 이따금 대범하다.

대범함과 소심함은 상황에 따라 달리 나타날 수 있다. 대범인이라고 해서 꼭 마케터나 리더십 있는 지도자가 되는 게 아니고, 소심인이라고 해서 작가나 심리학자만 있는 것도 아니다. 누구에게나 반대 성향이 있다. 어느 쪽에 좀 더 가깝게, 더 자주 나타나는가의 문제다. 마찬가지로 두 성향 모두 반대의 모습이 필요한 순간이 있고, 그것은 낯설고 어색한 경험이 될 수밖에 없다.

"어떻게 하면 대범해야 하는 상황 속에서의 불편을 해결할 수 있을까요?"

어느 날 소심한 지인이 물었다. 내 대답은 늘 같다. 불편을 받아들이기 싫어서 말을 꺼냈을 테니 답하겠다고. 이 성향으로 그 상황이 편안하게 다가올 일은 없다고. 하나씩 시도하며 나름의 방법을 찾아내야 한다고. 그 과정은 다소 어설프고 지저분하겠지만, 방법을 찾게 된다면 대범한 상황을 조금은 익숙하게 받아들일 수 있다고.

바꾸지 않고, 자기만의 방식을 찾는다

소심인에게도 대범한 모습이 필요한 상황이 있다. 안타깝게도 그렇다. 이 책의 주제가 '소심해도 괜찮다'가 아닌, '소심해서 좋다'인 것은 소심하다고 모든 상황에서 다 괜찮은 게 아니기 때문이다. 우리에겐 분명히 대범함을 요하는 순간들이 있다. 그리고 대범해 보이는 꽤 많은 소심인은 사실상 불편을 '완전히' 해결한 것이 아니고, 필요에 따라 대범해 보일 수 있는 나름의 방법을 찾은 것이다. 나의 경우에도 음식을 주문하는 방법, 의견을 꺼내는 타이밍, 미리 그곳에 익숙해지는 것, 신체적인 반응을 받아들이며 말을 이어가는 것, 그냥 가만히 있는 것, 도망쳤다가 다음에 다시 와보는 것 등 나만의 방식이 있다. 이 방법 중 쿨하고 편하며 에너지를 적게 쓰는 비법은 없다. 그럼에도 소심인은 나에게 말한다. 소심인 중 가장 대범하다고, 사실 대범인 아니냐고. 아니다. 그냥 방법일 뿐이다.

24시간 생방송으로 방영되는 뉴스 채널 CNN. 전 세계인의 눈과 귀가 되는 그곳에서 특집 프로그램을 총괄하고 있는 킴 브이, 그녀는 소심인이다. 주변 사람들은 그녀가 노골적으로 자신을 표현하지 않지만 조용하고 차분하며 정리가 잘된 사람이라고 회상한다.

"저는 사람들 앞에서 말할 때 심장이 빨리 뛰고 긴장되고 정신이 없어요. 그런 제가 미국 전역에 방영되는 뉴스를 결정하게 된 거예요. 긴장하지 않을 수 없었죠."

그녀는 자신만의 방식으로 위기를 극복해나갔다. 스스로 '안전하다고 느끼는' 비영리 단체의 봉사활동에 참여하여 대중 앞에서 말하는 기회를 늘렸다. 자신의 행동에 따르는 물리적인 위험성(영리 단체의 성과에 비해)이 낮아서 부담을 줄일 수 있기 때문이다. 외부인을 상대로 하는 대규모 발표를 앞두었을 땐 동료들에게 양해를 구하고 그들을 회의실로 소집한 뒤 미리 발표를 했다. 그녀는 요가를 절대 빠뜨리지 않는다. 스스로를 충전하는 혼자만의 시간이 중요하다는 걸 알기 때문이다.

"저의 이런 성향은 사라지는 게 아닙니다. 그것에 대처할 수 있는 저만의 방식을 찾은 거지요. 저는 내향적인 성향을 바꾸고 싶지 않아요. 내향적인 사람들의 가장 큰 실수는 갑작스레 자신을 외향적인 사람으로 바꾸려 한다는 것입니다. 그런 행동은 이들이 갖고 있는 성공적인 장점들을 사라지게 만들어요."

나 역시 이따금 여러 사람 앞에서 말을 한다. 대학에서 교수나 직원을 상대로 교육을 하거나 서비스의 원리를 설명한다. 날 선 담당자들과 피할 수 없는 설전을 벌이기도 하고, 불특정 다수에게 내 의사나 개인적인 소식을 알리기도 한다. 그 첫 경험들은 지금도 몸서리가 쳐질 만큼 괴로웠지만, 점차 반복하며 나만의 진행 방식과 화법을 갖게 되었다. 컨디션이 좋은 날은 마치 대범인인 척 가벼운 유머를 던지기도 한다. 교육이 끝나면 담당자가 와서 얘기한다. 잘 해주셔서 정말 잘 들었다고, 같이 점심이나 하자고. 아마도 그는 나를 대범한 성격으로 알 것이다. 하지만 나는 급한 약속이 있다고 말하곤 그곳을 탈출한다. 교육하는 데 에너지를 소진했기 때문에 상까지 마주하고 있으면 방전되기 십상이다.

그렇게 능숙한 척 교육을 하는가 하면, 회의실에서는 두세 명 앞에서도 말을 더듬기도 한다. 떨거나 얼굴이 달아오르는 순간도 있다. 아니, 꽤 많다. 괜찮다. 그것이 소심인의 자연스러운 모습이니까. 발표장에서 여러 사람을 앞에 두고 잘 말할 수 있었던 것은 그것이 필요한 상황이고 시간이 지나며 어느 정도 익숙해졌기 때문이다. 내가 대범함 자체를 탑재했다는 걸 의미하진 않는다. 잘 발표했다고 환호하지도 않고, 당혹감을 드러냈다고 낙심할 필요도 없다. 필요하면 반복하고, 반복하면 익숙해진다.

회의나 강단에서 발표하고, 팀을 이끌고, 의견을 말하고, 낯선 사람을 만나는 등 우리는 수많은 불편 상황에 놓인다. 그것이 두려워 이내 기회를 놓기도 한다. 만약 내가 그런 상황을 원치 않아서가 아니라 하고 싶은데 잘할 자신이 없어서라면, 시도해보는 것을 권하고 싶다. 특히나 나에게 중요한 일이라면 예상보다 잘 하게 될 가능성도 높다. 소심인은 자신에게 주어진 역할처럼 발표도 성공적으로 잘 해낸다는 결과가 있기 때문이다. 당연히 그것은 "여기요, 이모님!"과 같은 꽤 대범하고 쿨한 형태는 아니다. 스티브 잡스나 여타 강사들처럼 근사한 장면이 되는 것도 아니다. 나름의 방식으로 소심함 속 대범함을 드러낼 수 있다. 긴장된 호흡과 손짓, 그렇게 천천히 뻗어나가는 소심인의 화법은 그로써 점차 청자를 몰입시키며 남다른 완결성을 갖게 된다.

대범한 경험을 지나 그 모습이 참 못났다는 생각이 드는 것도 괜찮다. 그렇게 돌아보고 사색하고 후회하며 발로 이불도 몇 번씩 차는 게 우리의 방식이니까. 그런 시간을 겪으면서 나만의 견고함이 생겨날 테니까. 예컨대 음식을 주문할 때 손을 그냥 드는 것보다 손가락을 두 개만 편다거나 좀 더 호소력 있는 동작을 발견할지도 모른다. 소심하지만 대범한, 나만의 방법.

EPILOGUE

"성격의 장단점을 소개하시오."

불의는 잘 지나치지만 선의는 조금씩이라도 베풀면서 살려고 노력한다. 특히 무거운 짐을 들고 계단을 오르내리는 분들을 못 지나치는 편이다.

그런데 몸이 바로 반응하는 데 비해 마음은 이상하게도 부끄럽다. 생색내는 듯한 느낌도 싫어서 "들어드릴게요" 하고 속삭이며 짐을 강탈한 뒤 후다닥 옮겨놓고는 도망가버린다. 등 뒤로 '고맙다'는 말이라도 들리면 그렇게나 기분이 좋다. 타인을 돕는 일로 행복감을 느끼는, 나는 좋은 성격의 사람이다.

한번은 지하철을 기다리고 있는데 할머니 한 분이 양손에 무거운 짐을 끌고 가시는 게 보였다. 짐을 들어드리기 위해 손을 건네자, 그녀는 대뜸 소리를 질렀다. 당황해서 잘 알아듣지는 못했지만 대략 '내 짐을 왜 허락도 없이 손대냐, 내가 들고 갈 수 있다' 정도의 내용이었다. 나는 그 자리에서 몇 분간 할머니의 야단을 감당해야 했다. 사람들이 쳐다봤고, 부끄러웠다.

집으로 돌아오며 내 마음을 몰라준 그녀가 너무 밉다고 생각했다. 그런 면에서 내가 선의라고 생각했던 것은 미처 채우지 못한 인정 욕구일지도 모르겠다. 난 가난한 성격의 사람이다.

성격은 공통된 성질끼리 묶어 경계를 나눈 것이다. 따라서 하나의 성격이 개인의 모든 모습을 대변할 수 없으며, 이는 처한 상황에 따라 달리 나타날 수 있다. 친구들과 놀 때, 회사에 있을 때, 낯선 병원에 갈 때, 동생과 싸울 때, 데이트를 할 때, 어떤 모임에서 자기소개를 할 때, 홀로 샤워를 할 때, 우리는 각기 다른 모습을 지닌다. 고로 더 좋고 나쁜 성격은 없다. 그 안의 여러 요소들이 상황에 따라 달리 발현될 뿐이다. 내 장점이 누군가에겐 단점이 될 수 있고, 이 장면에서의 부족한 면이 다른 장면에서는 필요한 면이 될 수 있다.

참 오랜 시간 이 '소심'이라는 섬에 머물고 있다. 잔파도에도 휘청거리고 낮보다 밤이 긴 이곳. 이따금 큰 배라도 지나가면 해일이 왔다며 벌벌 떤다. 크기는 작은데 뿌리는 심해 깊은 바닥에 뻗어 있는, 이곳이 좋다. 소심해서 여기까지밖에 못 왔다고 한탄하는 친구에게 '네가 소심하니까 그나마 여기까지 왔다'며 고집을 부리는 나. 나는 이 섬을 사랑한다. 사랑해서 여기까지 왔다.

"성격의 장단점을 소개하시오."

이 글을 읽는 당신.

고맙게도 내 긴 이야기를 집어준,

책꽂이 장식이나 물건 받침으로 쓰지 않고 무거운 첫 장을 넘겨준,

수많은 고비를 넘어 마지막 섬까지 도달한 당신.

당신이 이 질문 앞에서 자유로워졌길 바란다.

단점이라 생각해온 그것이 장점으로 나타나는 장면을 고민하는 시간이 됐길, 그런 내 본연의 모습을 그 자체로 사랑하고 소중히 여기는 계기가 됐길 소망한다. 앞으론 누군가의 질문에 사회적으로 유리한 성향을 나열하지 않고, 내가 머무는 섬의 사계절을 표현하게 되길, 나는 오늘도 또 소망한다.

얼마 전 계단으로 무거운 짐을 끌고 내려가시는 아주머니가 보였다. "제가 옮겨드릴까요?" 다가가서 조심스레 여쭤봤다. 다행이 웃으며 내어주신다. 짐이 생각보다 무거워서 휘청거리며 계단 아래로 발을 옮겼다. 그녀는 내 위태로운 뒷모습을 봤는지 "아이고, 무겁죠, 어쩌나" 하시며 따라 내려왔다.

"고마워요, 정말!"
"아니에요. 조심히 가세요."

일상 속 10초.
별것 아닌 선의로 가슴이 따뜻해지는
나는 좋은 사람이다.
나도 당신처럼
당신도 나처럼
소심인이다.
우리는
소심해서
좋은 사람이다.

소심해서 좋다

초판 1쇄 인쇄 2018년 5월 31일

지은이 왕고래
펴낸이 권미경
마케팅 심지훈, 정세림
디자인 어나더페이퍼
일러스트 김진아
펴낸곳 ㈜웨일북
출판등록 2015년 10월 12일 제2015-000316호
주소 서울시 마포구 월드컵북로4길 30, 202호
전화 02-322-7187 **팩스** 02-337-8187
메일 sea@whalebook.co.kr **페이스북** facebook.com/whalebooks

ⓒ 왕고래, 2018
ISBN 979-11-88248-21-6 03810

소중한 원고를 보내주세요.
좋은 저자에게서 좋은 책이 나온다는 믿음으로, 항상 진심을 다해 구하겠습니다.

「이 도서의 국립중앙도서관 출판예정도서목록(CIP)은
서지정보유통지원시스템 홈페이지(http://seoji.nl.go.kr)와
국가자료공동목록시스템(http://www.nl.go.kr/kolisnet)에서 이용하실 수 있습니다.
(CIP제어번호: CIP2018015277)」